やがて僕は大軍師と呼ばれるらしい

Eventually i seem to be called *great tactician*

金貨姫
フローリン
沿海州を統治する領主。ガーディの運命を決定づける存在。

「う、浮気者ぉ！　何を口説いているか！　敵を追え！」
フローリンの護衛
ナロルヴァ
フローリンの重臣シンクロの娘。ガーディを直臣として迎える。

「この世の被造物に名前なきものはなし、
名前を明らかにせよ、あるべき姿を示せ、
目覚めよ、権能、〈万物鑑定〉」
のちの大軍師
ガーディ
エルフの村で育てられた異端児。今はただの“どこまでも優しい”少年。

やがて僕は
大軍師と呼ばれるらしい

芝村裕吏

MF文庫J

Contents

Eventually I seem to be called *great tactician*

口絵・本文イラスト：片桐雛太

――ファンタジーが死んだ時代に、ファンタジーの少年がいた。

〈イントラシア国史からタウルガディー伝の書き出し〉

酷《ひど》い地吹雪《じふぶき》のせいで前が見えず、耳には雪を踏みしめる音と、風の音と、自分の荒れた息しか聞こえなかった。

タウルガディーはこの時の年齢一三とも一五とも言われる。生年不詳であり、後年ではなく、同時代でも生年不詳であった。

彼は、拾われ子であった。

この時代においてさして珍しくもない話だが、彼は戦災孤児であり、これまた珍しくもなく、戦場跡で泣きながら立ちつくしていた。これが一〇年ほど前のことになる。

それで、森の娘に拾われた。要は森妖精、エルフの娘のことである。この頃異種族の子を拾うなど、家畜用途でもあり得ない話だったのだが、森の娘はそれをやってしまい、あまつさえ育ててしまった。おかげでタウルガディーは生き残り、この年になって雪の平野を歩いている。

雪の平野を歩くのには理由があった。味方に、戦地で戦うエルフの弓兵たちに魔法の巻物一〇〇巻を届けるためである。

この冬の終わる前あたりから、峻厳《しゅんげん》な山と森ばかりで人も農地も少なく見るべき産物もないこの地、森州品濃《タウシノ》にも大国の兵が姿を見せ始めた。大抵は大国の命を受けた近隣の小領主の兵であったが、それでも住民に、事態は重く受け止められた。

どうやって生き残るか。

住民の関心はほぼ、それのみに集まった。この時代、惑星の北半球を包む形で一〇〇年近い大寒冷期が続いているとあって、ただ生き残るのも大変だった。この地は農作に向いておらず、どこかの国に帰属し五公五民、すなわち食料の半分を税として召し上げられれば、たちまち餓死してしまうような、その程度の財政、食料状況であった。一公九民でも厳しい、というのが住民の認識であった。

森州《タウ》の住民、すなわちタウルガディーが庇護《ひご》を受けて生活をしているエルフの里と、長年の友好的付き合いがある人間の貧しい山村が話し合ってたどり着いた答えは、宗教勢力への接近だった。

聖ダビニウス青銅騎士団。六〇〇年近い歴史と伝統があり、戦国の世にあっても版図の過半を守り抜いた神聖系魔法の研鑽《けんさん》団体を母体とした武力組織である。動員兵力四万と号し、北国《ほっこく》の雄として信徒と領土を守り抜いていた。ここに全住民が入信して庇護を受けるという話である。騎士団長のアイオロスはことのほか本来信仰を持たないエルフが入信することを喜び、五割の税の内四割を寺院建設費として払い戻すことを約束した。住民はこれを呑《の》んだ。

決断はぎりぎりだった。約定《やくじょう》が結ばれて一〇日もせぬうちにタウシノに督戦王日安《ガバナーオブソルティス》で知られるグランドラ王が軍勢六〇〇〇を派遣して侵略を開始したのである。

これに対し、アイオロスは約束を守って青銅騎士団と信徒の兵あわせて一万を投入、これにタウシノからエルフの弓兵三〇〇が加わって戦いの火蓋が切られた。

そして、今である。

タウルガディーを含む四名は、戦力の足しにと急遽《きゅうきょ》作られた魔法の巻物一〇〇巻を携え、戦いに間に合うよう、歩を進めていた。一列になって、地吹雪《じふぶき》に肩をすくませながらの行軍である。頼りは先頭を歩く少年の方向感覚だったが、ともすれば同じ場所を歩き続けているような、そんな感覚すら覚えていた。

「一旦休んだほうがいいんじゃない？」

タウルガディーは大声を張り上げて言った。大声でなくば一尋《ひとひろ》の距離とて声がかき消されるような状況だった。

「ダメだ、歩くのをやめれば凍死する。歩き続けるほかない！」

先頭の返事に、ひゃぁと声を出したのはタウルガディーの後ろを歩く人間の少年である。名を、タヘーと言う。後年村長《むらおさ》になる人物だが、この頃はその片鱗《へんりん》も感じ取ることはできない。どこかひょうきんな少年である。八人兄弟の七番目であった。生まれたときから受け継ぐ土地もなく、いずれ口減らしで村を出ることが約束されていた。要は不遇な身の上なのだが、このせいか同じく不遇な戦災孤児であり森に住むタウルガディーとは幼なじみといっても良い友人であった。

「こりゃあ、村を出る前に死ぬことになりそうだ」

「縁起でもないこと言わないでよ。タヘー」

「生きてるうちしか軽口は叩《たた》けないんだぜ、知ってたか。ガディー」

ガディーとはタウルガディーの略称、愛称である。エルフ語でタウルは森、ガディーは人間を意味するガディアの名詞変化であると古来言われている。この時代エルフの里で育てられている人間は彼だけだったから、この呼び名で問題ないとされたのであろう。

「別に軽口を叩かなくても心残りにはならないんじゃない？」

ガディーの言葉にタヘーは風に巻き上げられた雪で白くなった眉をしかめて見せた。

「そっちだって縁起でもないこと言ってるじゃないか。入信はまだしてないけど聖ダビニウスの天国とやらに行けるかな」

さあねと気のない返事をして、ガディーは首を伸ばして先頭の様子をうかがった。

大声で軽口を叩き合っても注意もされぬ。喋《しゃべ》ってもいい、と言うか、この状況では喋った方が良い、と言う事であろう。不安に押しつぶされるよりは。

ガディーは寒さで紫色になりそうな口元を引き絞ると、口を手で覆って息で顔を温めた。

死にたくはなかった。生きていて良いことはあまりなかったが、それでも死ねば母は、育ての母は悲しむであろう。他のエルフから大きな猿《マカーキ》、と陰口を叩かれるような彼であってもだ。

生き延びなければならない。問題はどうやれば生き延びられるのか、さっぱり分からないことであった。

「しかしまあ、なんで今日なんだろうな」

ガディーの気も知らず、タヘーが急に話題を変えてきた。彼は彼で、軽口を言わねばやっていられぬ心持ちだったのかもしれない。

「なんで今日って?」

「だから、言った通りだよ。普通、戦争ってのは秋にやるもんだろ? 収穫時期を狙わないで、なんで冬にやるんだ?」

タヘーの疑問にガディーは答えるすべがない。なるほどそういう考えもあるのかと、素直に驚く程度である。

いや、しかし。耳を母に引っ張られた気がしてガディーは考えた。

「占いじゃないかな」

「エルフじゃあるまいし」

万事占いで良き日を占い、行動するのがエルフである。

「昔は人間もそうだったたって言うよ。むしろ長老様は人間にエルフが占いを含むさまざまな技を教えたって言ってた」

ガディーの言葉は、タヘーには響かなかった。

「エルフの言うことを素直に聞くようなら、そもそもこっちに攻めて来ないんじゃないか」

ガディーは苦笑いした。まったくそうだと思ったのもあるし、タヘーの祖先たちはエルフを襲おうと攻め入って打ちのめされ、そのまま居座った人々の子孫であることを長老から聞いていたせいもある。人間はとうに忘れているが、エルフは忘れていない。悠久の時を生きるエルフにとってはさほど昔、という話でもないのだ。

「占いじゃないとすると、予定が遅れたのはどうかな」

最後尾を歩いているシリスランネがそう言った。人間ながらエルフ風に名前を名乗る、これまたガディーの幼なじみである。森州品濃《タウシノ》はエルフとの接触が多く、名前を贈られたり、勝手に名乗ったりでエルフ風の名を持つ者は珍しくもなかった。

「秋に攻めるつもりが出兵準備が遅れて今になってしまった。どうだい」

どうかすれば少女でも通りそうな見た目のシリスランネの言葉は、ガディーをしてなるほど、と思わせるものがあった。

人間は成長が早いと言うけれど、いや、僕も人間か。

ガディーは苦笑して、そうかもねと言った。納得していないのはタヘーばかりであった。

「でもよ、シリスランネの言うことを否定するつもりはないんだが、それなら来年に延期すりゃいいんじゃないか？」

「人間はせっかちだからね」

シリスランネは難しい顔で言った。この場に居る四人は皆人間なのだが、そこに疑問を挟む者は居なかった。自分たちが人間という自覚はあるにはあるが、それくらい、エルフに近しい存在だったのである。

不意に、先頭を歩く少年が止まって皆が玉突き衝突した。

「どうしたどうした」

タヘーの声を聞きながら、ガディーは巻物が潰れていないか、そちらの方が心配だった。魔法を封じ込めた巻物は魔力を豊富に含んだ墨で書かれており、折り曲げるとこの墨が落ちることがあった。当然、魔法術式の一部が壊れると正常に機能しなくなるので、魔法の巻物の扱いはかなり慎重にならねばならなかった。

巻物を確認しながら、耳はタヘーと先頭の少年のやりとりを聞いている。先頭の少年のことをガディーはよく知らないが、タヘーによれば信頼できる狩人《かりゅうど》らしい。どこからでも方位を間違えず歩ける名人として、この任を任された、と聞いている。地域全員顔見知りのような場所ながら、狩人なら確かに顔を合わせない人物がいても不思議はない。

「戦う音がする」

「ええ？」

「驚くも何も、戦いの場に巻物届けるんだから、当然だろ」

少年の言うことはもっともだ。しかしタヘーは、腰が引けている。

「そりゃそうだけど」

「覚悟決めろ。ここからは喋《しゃべ》るなよ」

ガディーは頷《うなず》くと、巻物が大丈夫なことを確認し終わった。タヘーに大丈夫だよ、と目で告げて、覚悟を決めた。なんとか巻物を届けて、是が非でも青銅騎士団には勝って貰《もら》わねばならぬ。

グランドラ王は人間至上主義者で、エルフなどへの扱いのひどさは定評があった。この頃多かれ少なかれ、大国の王は人間至上主義や人間優越主義に浸っていたが、中でもグランドラ王は別格である。一〇年ほど前、森ごとエルフを焼き尽くしたという話がこの地にまで聞こえてきている。

心優しい育ての母が焼かれるようなことだけは、なんとしても避けたい。

打って変わって慎重に歩き出した少年たちの列の中で、ガディーは白い息を吐いてそう思った。

やがて僕は
大軍師
と

芝村裕吏
Yuri Shibamura

イラスト
片桐雛太
Illustration
Hinata Katagiri

呼ばれるらしい

Eventually I seem to be called *great tactician*

第一章　金貨姫

Chapter 1　Eventually I seem to be called *great tactician*

雪の平野の中を、のろのろと進んでいる。山おろしの風は強く、地吹雪《じふぶき》が巻き上がっている。

——この視界の悪さだ。

ガディーは首を伸ばして何か見えないかと目を凝らしながら考えた。

慎重に歩くのも仕方ない。味方と思って近づいたら敵だったとか、十分にありそう。おそらく先頭を歩く少年も、それを警戒して慎重に歩いているのであろう。度々脚が止まる。

「あの、提案があるんですけど」

ガディーがそう言うと、また脚が止まった。先頭の少年が、射貫《いぬ》くような目でガディーを見ている。

「味方なら、多分あっちだと思います」

「何故《なぜ》分かる」

短い質問は怒気をはらんでいる。ガディーは慌てて説明することになった。

「魔力です。人間は魔力が少ないので、密度の高い魔力の方へ行けば間違いありません」

ここでいう味方とはエルフの弓兵三〇〇のことを言う。他は、青銅騎士団であっても味方、とまでは言えない心境だった。頭では分かっているのだが。

「ついに魔力が見えるようになったのかい？　タウルガディー」

そう言ったのは、後ろを歩いていたシリスランネである。彼もまた、古くからのなじみの人間の少年だった。この状況でなおからかうようなシリスランネの様子にガディーは首を振って、先ほど巻物を確認した際に付いた魔力を含んだ墨を見せた。

「これだよ。魔力は魔力のより多いところに移動する性質があるんだ。墨がかすかに動いている方へいけばエルフたちのいるところへ行けるよ」

先頭を歩いていた少年はため息。ただ、幾分柔らかい表情になった。

「その手前で敵にぶつかっちゃ意味ないだろ。まあでも、そうだな。それの示す方向が南東として、一度南に行って、迂回《うかい》して行ってみるか」

話の分かる人で良かったとガディーは思った。一刻も早く味方の陣地にあるであろう火に当たりたい気分であったが、とはいえほぼ丸腰で敵兵とぶつかりたくもなかった。

事が終わったら名前を聞こう。ガディーはそう考えた。彼だけはそう、名前を知らない。ともあれ歩いた。考えるのもやめてただただ、右足、左足と動かしているうちに、ついには地吹雪を起こしていた風が弱まった。視界が急に開けはじめる。

先頭を行く少年が、手を振って伏せるように指示した。全員大山猫の冬毛を集めたマントをつけていたので、フードさえ被《かぶ》って伏せていれば、そうそう周囲から気づかれるようなことはなかった。

——どういう状況か。

ガディーは声を上げそうになって自分の口に手を当てた。本物の戦争が目の前にあった。

戦いは、六〇尋《ひろ》、すなわち三〇常《じょう》ほど先の距離で行われていたようである。大人が手を広げた距離が一尋《ひとひろ》、これは背の高さと同じであり、今でいうなら一〇〇mほどの距離で戦いが行われていたことが見て取れた。

整然と横三列に並ぶ兵が見える。手に持つのは白煙立つ鉄の筒……即《すなわ》ち銃。魔法を使う者……即ち魔力を帯びる者はやけどするせいで寸鉄も帯びることができないから、あれこそは敵、グランドラ王の軍勢だろう。

対する青銅騎士団は、グランドラ王の軍勢から三〇常（約一〇〇m）の距離にある。

——逆だ。三〇常より近くに寄れなかったんだ。

ガディーは苦いものと一緒に言葉を飲み込んだ。輝く真銀、すなわちミスリルの馬鎧《よろい》にミスリルの甲冑《かっちゅう》を着けた屈強な騎士たちが、見るも無残に死体の山を築いていた。生き残る者も馬の死体や仲間の死体を楯《たて》にして隠れる、そんな凄惨な有様である。

——矢弾《やだま》を防ぐ神聖魔法があったはずなのに。

対魔法魔法《アンチマジック》でも使っているのかと思えば、そういう風でもない。息を呑《の》んで戦場を観察するうちに、からくりが分かった。

呪文を使う暇を与えていないのだ。

体勢を立て直し、隊列を整え、呪文を使えばまだチャンスはあったろう。しかし、グランドラ王の軍勢はそんな暇を与えなかった。

一列目が銃を撃つと同時に二列目が追い抜いて銃を構えて撃つ、二列目が撃つと三列目が二列目を追い抜いて撃つ。各列は銃を撃ったらそのまま再度弾込めに移る、という算段である。合図には銅鑼《どら》を使っていた。銅鑼が打ち鳴らされるたびに、兵が前進する、という戦術で、これによってどんどんと前に出て、後退を許さぬのだった。

通常銃は一発撃ったら終わりだから、騎士団はきっと、損害を無視して突撃を敢行したのだろう。人数が多いということも、その決断を後押ししたはずだ。

ところが青銅騎士団の思うとおりにはならなかった。

戦術、戦の術《すべ》が銃の価値を根本から変えてしまった。

銅鑼が鳴る。手信号が各所で繰り出される。しゃがんで銃の筒先に火薬である胴薬を入れ、弾丸を入れ、槊杖《かるか》で突いて定着させ、銃を構えて火皿に口薬を入れ、火蓋をする。

二回目の銅鑼で銃が撃たれた。三度目の銅鑼で後列が追い抜いて前進する。銃を構え、火皿の覆いである火蓋を切れば、即ち外せば、銃は撃つだけになる。

三度の銅鑼で射撃、一度に進む距離は三常（約11ｍ）であった。

銅鑼の鳴る数を数えて下がればまだしも生き残ることはできたかもしれない。だが銃で射すくめられている時に銅鑼《どら》の数を数えるのは至難の業であるのだろう。騎士たちは下がることもできず、仲間の死体の後ろで祈るように呪文を唱えていた。一騎当千を誇り、高価なミスリルの甲冑《かっちゅう》を纏《まと》う騎士は、哀れな的に成り果てている。呪文を唱え終わる前に銃を持った兵が近寄り、複数の方向から撃たれて討ち取られていった。もはや戦いというよりも、一方的な虐殺になっていた。

そもそも重い甲冑が、撤退を妨げている。

「こりゃダメだ」

タヘーが呆然《ぼうぜん》と呟《つぶや》くのが聞こえた。そうだ。ダメだ。もう獄炎《ラハコルン》の呪文の巻物くらいでは、この状況は覆《くつがえ》せない。負けだ。負けだ。

――僕の母は、どうなる？

ガディーは泣きたくなった、目の前で起きる戦争、組織的な殺害の現場に心は動かなかったが、母を想《おも》えば心が騒ぐ。

不意に我に返った。自分たちの方へ、兵がやってくる。隊列を組んでいる者ではない。戦列の左右を歩く散兵戦を行う者たち、すなわち猟兵であった。

軽装だし銃の形式もてんでばらばらだが、その目はまっすぐこちらを見据えていた。

「敵は猟師を使ってるな。気づかれてる。逃げるぞ」

先頭を行っていた少年が言った。戦いを見て戦意を喪失していたのだろう、これまで後生大事に抱えてきた巻物を入れた背嚢《はいのう》を脱ぐと、そのままさっさと走って逃げてしまった。置いて行かれた、と憤る暇もなかった。

先頭を走っていた少年が、銃で撃たれた。背中から撃たれた、異なる方向から二発は当たったのが見えた。着弾したのとは反対側の胴体から血と肉が吹き出し、一常《じょう》は飛ぶのが見えた。雪の積もる地面に落ちて鮮血はすぐに赤黒く変色する。

「わぁ、わぁー！」

シリスランネが悲鳴をあげて飛び出すのが見えた。これもまたすぐに撃たれるのが見えた。

今度は猟師……というか猟兵にも心の準備があったのであろう。良く狙い撃たれ、シリスランネは脚を撃ち抜かれて悲鳴を上げて雪の地面に倒れ込むのが見えた。猟兵たちがそこに群がっていくのが見える。女顔のシリスランネがどんな目に遭うか、想像するまでもなかった。

「どうしよう、ガディー」

タヘーが漏れた小便で湯気を立てながら言っている。

ガディーの長い軍歴は、ここから始まったといって良い。

その最初は望んでもいなかったし、実際のところ戦闘するつもりもなかった。卒、すなわち兵より下の身分で荷物運びをしていただけであった。貴重な魔法の巻物を輸送する、それなり以上に信用されての話ではあったが、卒は卒であった。身を守る武器すら与えられてはいなかった。

「小便の湯気で敵に見つかってるよ」

ガディーは優しく笑って言った。ごめん、ごめんよとタヘーが口を震わせながら言うのを、ガディーは分かっていると言う風に頷《うなず》いて見せた。事、ここに至ってガディーは本来の性質を取り戻していた。

即《すなわ》ち優しさと、思慮深さと、強さというより、我慢、である。

「敵まで二〇常《じょう》、こっちが伏せていれば、銃は撃ちにくい」

この頃の銃は先込め式で、筒先を下向きに向けることが簡単ではなかった。槊杖《かるか》で突き固めているとはいえ、どうかすると弾《たま》が筒先から転がり出てくるのである。

「でも動けないじゃないか！」

「動けば撃たれるよ。タヘー」

どうすりゃいいんだよとタヘーの顔が崩壊する前に、ガディーは微笑《ほほえ》んで背中にあった背嚢《はいのう》から魔法の巻物を取り出した。手はひどく震えていたが、タヘーに向けた笑顔はこわばってなどいなかった。

「敵は反撃を恐れてゆっくり近づいてきている。ラハコルンの巻物を読む時間はあるよ」

「お前巻物起動のための魔力だって帯びてないじゃないか」

タヘーが泣き笑いの顔で言った。

「タヘーにはあるだろ？」

「魔力はあってもエルフ語なんか読めないよ、エルフかぶれのシリスランネじゃないんだから」

「僕が読めるよ。僕に合わせて声を出せばいい」

タヘーは目の端に映る、ゆっくり寄せてくる敵を見て頷いた。議論する暇も、もうない。伏せながら動いてガディーはタヘーに重なった。魔法の巻物を二人で広げて、ガディーは人間の言葉よりよほど綺麗《きれい》なエルフ語で魔法の呪文を読み上げた。魔力を含んだ墨が声にあわせてするりと動き出し、羊皮紙の上で踊り出すのが見えた。見る間に炎を上げて文字が燃えはじめる。

〈完成せよ！　ラハコルン！〉

山中とはいえ、長くエルフたちを独立させていた力の一端がここに現れた。人間の言葉で獄炎呪文《ラハコルン》、エルフ語で単に火の球《ラハコルン》と呼ばれた呪文は巻物の模様から飛び出し、雪の野を歩く猟兵たちを吹き飛ばした。

上がる炎に巻き上がる爆風、雪の白さより眩《まぶ》しく輝く魔法の炎に焼かれて猟兵が数名、雪の上を転がっている。それで消火できると思ったのは浅はかだった。魔法の炎は水や雪では消えることがない。

しかし、反撃もここまでであった。二度の呪文を使えるほどの時間がない。敵が慣れて距離を取り、あるいは損害を無視して突撃してくればあっという間に潰されてしまうだろう。ガディーとタヘーにできたのは、この隙に逃げ出す事だけであった。

今となっては永遠に名前が分からなくなった先頭を歩いていた少年の背嚢《はいのう》を抱え、タヘーはガディーの手を取って走り出した。

「ダメだよタヘー！　まだシリスランネがいる！」

「どうやって助けるんだよ！」

タヘーは喚《わめ》いた。喚いた後で、泣きながら本音を言った。

「僕を捨てて行かないでよ」

それで、ガディーはタヘーとともに走って逃げた。敵兵が再び動き出した、ということもある。

もはや、脚を打たれたシリスランネが速やかに死んでいる事を願うしかなかった。

＊

走って逃げたのはいかほどか。雪の上に延々と足跡を残しての逃避行だったのだが、幸い敵はすぐに追跡を止《や》めたらしい。軍事的に意味はないと見たのだろう。

それでも……追われていないと分かっても、一度ついた逃げ足は中々、止まることがなかった。背中から追われている気が、まだする。背筋から流れる汗が凍る。寒い。

脚が止まったのは、前の方に軍勢が見えたからだ。

「敵だ、もうだめだ」

タヘーが膝から崩れ落ちるのを、ガディーは支えた。

「まだ分からないよ。味方かも」

半ば自分に向けて言うように、ガディーはそう言った。

肩を貸したまま、一歩前に出て目を細める。再び出てきた風の中、旗印がはためいている。青地に金の円盤、ところがガディーはこれを見てもどこの家か分からなかった。有力貴族の知識がなかったせいだ。

敵か、味方か。決めかねているうちにガディーの中で一つ考えが浮かんだ。

位置だ。青銅騎士団の後方にいるから味方だろうという考えだ。もちろん背後に回って攻撃を行う敵の後詰《ごづめ》である可能性はある。でも、それならもっと、戦闘に備えているはずだ。

見れば戦闘の準備はしていないというより、行軍体勢のままである。あるいは陣を引き払い、今まさに撤退する前のようにも見える。

よく見れば活路が見えるものだ。ガディーは後に、そう述懐している。

味方と信じて両手を挙げ、歩を進めた。すぐに胸当と兜《かぶと》を着けた兵がやってきて、誰何《すいか》の声をかけてきた。何者か、という問いである。

「タウシノのエルフの里から参った援軍です。聖ダビニウス青銅騎士団の皆様に魔法の巻物を届けに参りましたところ、散兵に襲われ騎士団に接触する事ができず、このようにさまよっておりました。庇護《ひご》をお願いしたく」

エルフ語でガディーはそう言った後、人間の言葉に訳した言葉でもう一度同じ事を言った。古来エルフ語は公用語であり、貴族の言葉でもあったから、これをちゃんと話せばむげには扱われないと習っていたためである。

ところが知識が少々古かったらしく、兵からは鼻で笑われてしまった。

――エルフという存在そのものが、人間の世ではもう時代遅れなのかもしれない。

ガディーはちらりとそう思ったが、今のところ、他にやりようもない。先頭を行く猟師の少年が死んだ今、タヘーと自分では故郷タウシノまで迷わず歩くこともままならない。

「フローリン・イントラシア様がお会いになられる」

金貨《フローリン》とはなんだろうと思ったら、どうやら人の名前らしい。ガディーとタヘーは二人して兵に囲まれて、陣中を進み、中心部で跪《ひざまず》かされることになった。これが外交的に良いのかどうかも、年若いガディーにはまだ分からなかった。

胸を張って見た視線の先、陣中の椅子である畳床机《たたみしょうぎ》の上に跨《また》がって座るのは、隣の偉丈《いじょう》夫《ふ》に金の兜を持たせ、毛皮のマントを羽織った鎧姿《よろい》の姫君だった。エルフを見慣れたタヘーがほぉと声を出すような、そんな娘である。長い金の髪は編まれて後ろ頭に巻かれていた。艶があり輝いて見える。おそらくはそれが名前の由来であろう。瞳は氷青色であり、ひどく煌《きら》めいていた。

今日の気温より冷たい目つき、身じろぎもせずに短めの直剣を鞘《さや》ごと地面に刺して身体《からだ》の前に置いて座る様は、ひどく恐ろしげに見えたが、ガディーはさほど怖くなかった。怒ったふりをする母に、似ていると思ってしまったのである。

「私はフローリン・イントラシア。青銅騎士団のアイオロス卿《きょう》に依頼され、後詰《ごづめ》として参陣した。……いささか遅かったようだが」

作り上げた冷たい声だった。彼女の部下たちが恐ろしげにしているのが分かる。長老が人間である僕に接するときのような態度だと、ガディーは思った。実際そんなに怒ってないし、なんなら陰でお菓子もくれるのだが、表だっては人間を可愛《かわい》がれないというような、そんな気配だった。

――エルフの里の人間として肩身の狭い思いをしてきたけれど、それが役に立っている。

「あの、こんなことを尋ねて良いのか分からないのですが、うちの里から弓兵三〇〇がでておりました。どこにいるか、ご存じないでしょうか」

「歴史に名を馳《は》せるエルフの長弓兵か……その強さは私もよく聞かされていたものだ。だが、分かるだろう。今は、そんな時代ではない」

残念そうな思いを隠して、フローリン姫は平坦《へいたん》に言った。

「そ、そうでしょうか」

ガディーが見た限り、エルフの弓は銃よりも射程が長い。銃の弾《たま》がまっすぐ進むのに対してエルフの矢は弓なりに曲線を描いて飛ぶ分、遠くまで届くからである。銃の射程が三〇常《じょう》、威力をあまり考えねば弓なら九〇常は届くはずだ。それに連射も利くはずである。弾込めに火縄の管理をする銃とは比べものにならない早さで撃てるはずだった。

「口答えをするな。小僧」

兜《かぶと》を持つ偉丈夫《いじょうふ》が、犬歯をむき出しに言った。オーク、だろうかとガディーは思った。

「よせシンクロ」

偉丈夫はフローリン姫に言われ、黙って引き下がる。姫は、少しだけ優しく言った。

「たとえ市井《しせい》の小僧であろうとも、故郷を悪く言われて気分が良かろうはずがない。だが聞け、これは同じ陣営に参集した味方としての言葉だ。緒戦にてエルフの弓兵はもろくも全滅した。生き残りはおるまい」

「そんな……」

通常騎士たちの横、もしくは後ろに陣取る弓兵がなぜ騎士たちより先に全滅するのか不可解な話であった。

ガディーはともかくタへーが泣き出し、フローリン姫は冷たく言い放とうとして失敗した。僅かに顔をしかめて、言葉を重ねた。

「そちらと直接の主従関係があるわけではないが、死体の回収については戦場協定を結んだ後にでも行えるようにする」

「お言葉からすると、戦いは終わってしまったんでしょうか」

フローリン姫はガディーを見て、優しさの片鱗《へんりん》を瞳に見せた。事情をまだ飲み込めぬガディーを、哀れむような目で見ている。この点、エルフの里の長老より優しそうな人だった。何故《なぜ》同じ人間相手に冷たく振る舞うのかは分からないけれど。

「終わってはいないが、もはや趨勢《すうせい》は定まった。この調子では一刻、二刻と持たぬだろう。急な出陣故、我らもさほど動員できているとは言えぬ。このまま戦場に居座れば、順繰りに、今度は我々が殺されるだろう」

各個撃破というやつだとフローリン姫は言った。要は今から逃げ出す、と言っているのである。ガディーは事態を理解して、自分の立場内で最大限親切にしているフローリン姫に頭を下げた。

「色々教えてくださってありがとうございました。あの、最後に僕たちの里がどっちの方向にあるか教えてくれませんか。逃げる途中で方角が分からなくなって……」

フローリン姫が初めて年相応の反応を見せた。え、という表情を浮かべたのだった。横でシンクロと呼ばれたオークの偉丈夫《いじょうふ》が大笑いしなければ、部下の視線もそちらに集まっていたろう。

理由は定かではないが、フローリン姫は年相応の表情を浮かべてはならぬものらしい。

「シンクロ、人が悪いぞ」

フローリン姫は難しい顔で言った。自分が助けられた自覚はなさそうであった。

「これは失礼。いや、随分と可愛《かわい》い子供たちですな」

これは、フローリン姫の他の部下もそう思ったようである。少しばかり、場の雰囲気が和らいだ。

「よろしければ、場所を教えるついでに、少しばかりの土産《みやげ》を持たせたく思いますが」

シンクロがそう言うと、フローリン姫は仕方ないなという様子で軽くため息をついた。

「好きにせよ」


会見の後、シンクロが今まさに引き払おうと慌ただしく動いている陣の外まで案内してくれた。紐《ひも》状どころか紐にした芋茎《いもがら》に乾飯《ほしいい》少々と護身の短剣までくれる親切さである。

護身の短剣は鉄製であり、エルフには触れることができないものだったが、ガディーには丁度良い武器に見えた。

ガディーとタヘーは頭を下げて、このことをシンクロに感謝した。親切なオークもいたものである。

「ありがとうございます」

ガディーとタヘーが頭を下げると、大げさに手を振って笑われた。

「後味の良くない戦いだった。お前たちのおかげで少しは救われたような気分になったものよ」

参陣してすぐ撤兵とあって、兵も気持ちの持って行きようがなかったらしい。骨折り損かとなったところを少数でも人を助けたとあらば、己を慰める材料にはなる。とのこと。

どんな表情をしていいのか、ガディーが迷っていると、シンクロはその背を叩《たた》いた。

「気にする必要はない。全ては我らの心の内で起きた事よ」

「ありがとうございます」

シンクロの話を聞くうちに、兵の気持ち、ではなくてあのお姫様の気持ちなのかもしれないと思った。シンクロは姫の守役なのであろう。それも、良き守役だ。ガディーは旗印は読めなかったが、家族の誰が誰に気を使っているのか直《す》ぐに読み解く力があった。エルフの里の唯一の人間として、それが彼の処世術だった。エルフたちは暴力はけして振るわないが、嫌がらせは暴力だけではない。

「あちらが森州《タウ》への道になる。残党狩りも多かろうから道に沿って歩くのではなく、森の中を動くのがよかろう。それができれば、だが」

「森なら大丈夫です。方向さえ分かれば」

こういう世の中である、もはや二度と会うこともかなうまいとガディーは頭を下げ、タへーとともにタウシノへ戻って行った。結局魔法の巻物は一巻しか使うことなく、四人いたうちの半数を失い、届けることもままならなかった。いわゆる惨敗、である。

後の目からすると、この惨敗がタウルガディーことファンタジック・ガーディを世に送り出すきっかけになった。ガディーは敗北をかみしめながら、森州への道を歩いて行った。

第二章　苦い旅立ち

Chapter 2　Eventually I seem to be called *great tactician*

森州《タウ》の玄関口ともいえる雪の平原での大敗北の知らせは、すぐにもタウシノにも伝えられることになった。苦労してガディーたちがタウシノに帰り着いた時には、敗北は既に皆の知るところとなっていた。

いささか拍子抜けした気分であったが、敗北を最初に伝える役でなくて本当によかったとガディーとタへーは言い合った。そんな気の重い仕事など、やりたくはない。

二人は生きて故郷に帰り着いたことを喜び合った。

それでそのまま、タへーは人間の村に、ガディーはエルフの里に向かい、事の顛末《てんまつ》を報告することになった。

「ガディー、お前がいなかったら死んでたよ。ありがとう」

別れ際、タへーはそんなことを言った。

「いや、僕の方こそ。タへーがあの時泣かなかったら、僕こそシリスランネを助けに行こうとして二人して死んでいたと思う。だから、ありがとう」

共通の友人を想《おも》って、二人は目に涙を浮かべたが、戦乱の世にあってはありふれたことでしかなかった。

そのままガディーは一人歩き、人間が住み着く前から存在する、手つかずで残った太古の森に入った。この時代、鉄を作るための木炭を得るために、木々を輸送する川のない余程峻厳《しゅんげん》な山でもないと木々は伐採され、丸裸になっていた。このため保水力も低下し、各地で水不足も起きている。雨が降り雪が積もれど農作の時に水がないという有様であった。寒冷化と水不足によって、食料生産はさらに難しくなり、それがさらなる戦乱を生むという、悪循環を引き起こしていた。

この森には、それがない。エルフが森を守ってきたからだった。

ガディーは森の匂いを胸いっぱいに嗅いだ後、エルフの里へ歩き出した。

まずは、水浴びである。火急の用件とあれど身だしなみが整っていないとまず整えて来なさいと嫌味《いやみ》をねちねちと言うのがエルフの里の流儀である。湧き水の池に行き、肉を焼いた時にしたたり落ちる油を灰に混ぜたもので服やら身体《からだ》やら髪を洗い、寒い寒いと言いながら水の中に浸《つ》かった。水の中は思ったより寒くはないが、凍死しない、という程度のものであった。

服を洗っていると、遠く、自分を呼ぶ女の声がした。母、だった。占いかなにかで自分が帰ってくることを察知したらしい。

この年頃の子には恥ずかしい限りである。小さな子供のように扱う母へ、少しの反発心もある。

魔法で返事ができるといいのだが、あいにくガディーの身体《からだ》には一切の魔力がなかった。小さな時から魔力を豊富に含む草だのなんだのを食べさせられ、魔力の薬湯に入りもしたが少しも身に帯びることがなかった。

この地域の人間が多かれ少なかれ魔力を持つのに比較して際だった魔力のなさで、これこそ人間の中の人間だよと薬草長であるエルフの婆《ばばあ》も、匙《さじ》を投げるようなありさまであった。人間は本来、魔力に対する強い排除能力があるらしいとは、後に長老から聞いた。おかげで鉄を帯びる事ができるとも。

なぜ魔力があると鉄を帯びる事ができないのか、魔法はあんなに便利なのに人間は何故《なぜ》使えないのか、ガディーはそんなことを考えながら、着替えを急いだ。自分の名を呼びすぎて、母の声が枯れたら嫌だなと思ったのだった。

髪やら服やらがまだ乾いてないことを気にしつつ、はあいと声を上げる。

しばらくすると髪も耳も長い少女がひょっこり顔を出した。つまりそれが、ガディーの母であった。

「あんたなんで濡《ぬ》れてるのよ」

母は今年で六〇歳になるのだが、エルフの中では小娘も良いところ、一歩間違えれば童女の扱いであった。人間の見た目で言えば一二歳かそこらであろう。今となってはガディーの妹くらいと言った方が人間社会では無理がなかった。

「身だしなみを整えていたんだよ」

「そんなこと……」

心底どうでもいいように母は言い、ガディーを薄い胸に抱き留めたが、ガディーはこれが、恥ずかしいことこの上なかった。

「生きてて良かった……お母さん心配で心配で」

「ああ、うん。お母さんまで濡れちゃうから、ほら」

寒いのでくっついていたい気もしなくはなかったが、もう小さな子ではないという、そんな気概もある。具体的には恥ずかしい。

年下に見える母と連れだって、エルフの里に入る。門の司《つかさ》という門番というには少々偉い魔法使いが、上から下までガディーを見た後、ゆっくりと口を開いた。

「うむ。よろしい。タウルガディーも、少しはエルフというものが分かってきたようだ」

「風邪を引かない私たちと一緒にしないでください」

母が門の司に文句を言っているのを、慌てて止めて門の内へ入った。問答が長くなってはかなわない。里の中は魔法で春の陽気である。服が生乾きで変な香りがしたら嫌だなと思っていたので、この陽気は懐かしくも嬉《うれ》しいことであった。これなら直《す》ぐに乾くだろう。

急な温度変化で皮膚がちりちりした。

「今日は何を食べる？」

母、タウリエルは楽しそうに言った。小さい子のように脚をはずませながら言う。

「そうだ、お魚にしようか。ガディーお魚が好きだものね」

魚が好きと言ったのはガディーが覚えていないくらいの幼い時の話である。今は魚よりも木の実の方が好きだった、が、タウリエルはそちらの方は覚えていない。

本当の、人間の産みの親も同じように子が幼かった時の事ばかりを覚えているものだろうか。それともこれはエルフの母だからか。

まあ、どちらでもいいかな。お母さんはお母さんだ。

そんなことを思いながら苦笑した。

「ああ、うん。そうだ。お米を貰《もら》ってきたんだ」

糧食として貰ってきた乾飯《ほしいい》を、ガディーは後生大事に持って帰ってきていた。米はタウシノでは交易を通じてしか手に入らないごちそうであり、主食ではなかった。

「あんたなんでこんなもの持ってるのよ」

「後詰《ごづめ》に入っていたイントラシアの陣に助けを求めた時、貰ったんだよ」

そこの親切なオークに貰った、とは言えずにガディーは細部をごまかした。エルフはだいたい他種族を嫌うが、中でもオークとドワーフは別格の嫌い方だった。あれらと比べれば人間はまだ猿《マカーキ》扱いはされているという感じである。

ふぅんと言いながら、魔法をかけて乾飯の素性を調べる、母タウリエル。何でも魔法を使うのはエルフのエルフたるゆえんである。流石《さすが》にオーク成分がでてきたりはしないだろうとガディーが思っていたら、数名のエルフがひょっこり顔を出した。魔法を使って移動する関係で、いつでもひょっこりなのである。

姿を見せたのは老境にさしかかったエルフ、即《すなわ》ち長老、だった。普通はこの外見に至る前に歳《とし》を取って醜くなることをよしとせず、たいていのエルフは自決していた。

「生きていたか」

そう言った長老に文句を言おうとする母。それを抱き上げて、ガディーは頭を下げた。

「はい。なんとか生き残りました」

母は憤慨して。こら降ろしなさいと言うが、長老と喧嘩《けんか》されても困る。

長老はそんな様子を楽しげに眺めた後、ゆっくりと口を開いた。諭すように。

「話を聞きたい。付いてきなさい。それに、聞きたいこともあるだろう」

ガディーの心の内を読むように長老は言い、ガディーだけを伴った。

長老以外のエルフたちは、癇癪《かんしゃく》を起こす母をなだめる役のようだった。

夕食までには帰るよと母にいい、歩いて長老に付いて行く。向かうのは大木を魔法で連結、変化させた木々の城《ダイエプレシル》だった。

高さ二〇常《じょう》（七二m）に及んでいる、今も息づく城。

里のエルフの数より多い部屋がある城の中を歩いて、案内された場所は長老が思索をするための瞑想室《めいそう》だった。エルフにしかできないであろう複雑な文様の織物が壁と床に置かれ、長老は床に座るようにガディーに命じた。

「ガディー、お前は鉄を持ってきたね」

「あ、はい。イントラシアの姫君の守役から鉄の短剣を頂きました」

長老は僅かに頷《うなず》くと、そのまま静かに喋《しゃべ》りだした。

「エルフの里には法がある。鉄を持ち込んだ者は誰であろうと、追放刑に処す」

魔力を持つものは鉄に触れると激しいやけどを負ってしまう。魔法種族であるエルフも例に漏れない。しかし持ち込みが禁止されているとは知らなかった。エルフの法は多すぎて、ガディーが把握せぬ法もかなりあった。

「い、今すぐ捨ててきます」

慌てて立ち上がろうとするガディーを長老は手で止めた。

「捨てずとも良い。どのみちお前を追放するつもりだった。とはいえ、死なずに生き残ったのは本当に良かった」

あまりに静かで柔和なので、ガディーは追放するという言葉の意味をしばらくは正しく受け止めきれなかった。そもそも追放すると言っている口で無事を喜んでいる。

ガディーが意味を理解し、顔色が変わり、手が震え目が泳いだ頃に、長老は口を開いた。

「その上で、これから好きなだけ、お前の疑問に答えよう。教わりたいことがあれば、それがなんであれ教えもしよう。そして疑問がつきたら、エルフの里から出て行きなさい」

ガディーの目から、思わず涙が出た。自分が好かれていないとは知っていたが、今日くらいは褒められるのではないかと、少しは思っていたのだった。

「な……なんで……」

「お前は母を犯す」

「そんなことしません！　それだけは！」

むしろ、最近べたべたされると恥ずかしい。あと小さいときの話をされるのも嫌だった。

長老はそれらを言わずして理解したように頷き、再び口を開いた。

「表情を動かすな、声を荒げるなと、教えたぞ。それはエルフのやることではない」

「そうですけど……」

――僕はエルフじゃない。いやまて、長老はなんで追放される段になって今更エルフ風にふるまえと言うのだろう。

「……なんで、僕がそんな悪いことをすると思ったんですか。お母さんとは血は繋《つな》がってませんん、けれど……」

「エルフの里で人間を育てるのは初めてではない」

長老はそう言って、ガディーが黙るのを待った。

「大昔はそうではなかった。今のエルフたちは知らぬが、私が幼い時にはそれなりに人間を拾ったり、預けられたりして育てたものだ。イントラシアの開祖もそうだ。青銅騎士団のアイオロスとて二〇代前はエルフの養嗣子だった」

エルフが人間に文化を教えたというのは、このことだった。しかしガディーにとってはそれよりも、それこそ追放されることよりも自分が母を犯すという言葉が気になっていた。

「それが……」

「喋《しゃべ》る前に考えろとも、教えたぞ。タウリエルの子、タウルガディー」

ガディーは姿勢を正した。目の前の長老はエルフの中のエルフ。エルフらしく一から全部を説明せねばならぬ性質《たち》だ。ただ質問をしても、とんでもなく大昔の事から順に話されるに決まっている。

それを避けるには、自分はここまで分かっていますと、示すしかない。

よく見ていれば道は開ける。四人に二人が死んだ雪の平原で学んだこと。ガディーはそう思った。

「つまり、過去にお母さんを犯すような悪い人間がいたのですね」

「一人や二人ではない。流れる時の違う男女が一所《ひとところ》にいるというのは、そういうことなのだ。いずれお前も異性に興味が湧く。母への思慕は恋心に変わりもする」

えー、と言いたいのをこらえて、ガディーは口を開いた。

「エルフ風でないのは承知で言いますけど、気持ち悪いです。姿形はともかくお母さんですよ。エルフどころか人間でも禁忌です」

「同じ事を八〇〇年前にも聞いた。その時はエルフが滅びそうになった。母の婚姻を止めるためならエルフの里を火の海にすることも厭《いと》わない者がいた……私の兄弟のように育った人間だった」

それでも僕は絶対違うぞという顔でガディーが睨《にら》むと、長老はかすかに笑った。

「もしも違う、というのなら、私の記憶にないことをやってのけなければならない。だが、無理だろう。人間は、忘れっぽい」

長老は大昔の悲しみの片鱗《へんりん》を口の端に残して、そう言った。現にほら、お前は忘れているという風に。

「その人と僕は違います」

「その言葉も、もう聞いている。だから人間は忘れっぽいというのだ。ついでに言い添えれば、人間はすぐに自分は違うと言う。自分も人間だろうに、同じ人間がやったことをちゃんと伝えもせず、考えも検証もせずに違う違う違うという」

実際違うじゃないかと思ったが、これもまたおそらくは過去にあった話なのだろう。考えよう。そして、よく見よう。長老は答えを最初から言っている。過去の人と違うことをやってのけろ、と。

「……私が人間を嫌いだという理由がわかったかね」

「わかりま……せん！　エルフに育てられた子として言えば、そんなことうちの母だって知りません。他のエルフも掟《おきて》や法やしきたりを単に守っているだけで、経緯を知ってはいないと思います」

「確かに。だが経緯が重要なのではない。再発防止が重要なのだ」

ガディーは腹を立てていたが、エルフ風にすぐに落ち着きを取り戻した。エルフと付き合うとは、忍耐である。それは拾われて以来、ずっとやってきたことだ。

再発防止とは、どうすればいいのだろう。

長老はガディーを見て瞳の奥で微笑《ほほえ》むと、立ち上がった。話は終わり、というように。

「追放されるまで七日とかかるまい。タウリエルを連れて逃げようなどとは思うな」

「外の世界を見てきました。母はあんなところでは生きていけません。それに最初から、逃げるつもりもありません」

「知っているか、タウルガディー。お前のその言葉は、エルフを滅ぼしかけた者と同じ言葉だぞ」

ガディーはため息をついて、これまでの教育を試すような、少し楽しげでもある長老を見た。

「追放されたとして、僕が答えを出したら、答え合わせの機会はあるのでしょうか」

長老は少しだけ目を見開いた後、微笑んで口を開いた。

その日からガディーは長老と問答して過ごすことになった。エルフ的に童女くらいの扱いの母タウリエルは一緒に遊ばないのかと口先を尖《とが》らせていたが、ガディーとしては森から離れる前に、あれこれ聞いたり確かめたり、確約を取ったりしなければならなかった。

聞いておくというか、学ぶべき事は色々ある。

これまでの人生、エルフに拾われたばかりに勉強だらけだと思っていたが、外の世界を垣間見《かいまみ》て、意外に勉強が足りていないことに気づいた。特にこの数年は母よりも勉強をさせられ、また勉強ができると思っていただけにガディーとしては残念であった。しかも、追放されるまでそう間はない。

「エルフの弓兵三〇〇が皆殺しにあったというのは本当でしょうか」

ガディーが尋ねると、長老はかすかに頷《うなず》いた。

「ああ、そうだ」

「なぜ彼らが死んだのか、最後の様子を尋ねても良いでしょうか」

「追放される段になって何故《なぜ》それを気にする。タウリエルの子タウルガディー、人間の国で武人にでもなるか」

「いいえ。僕は武人という柄ではありません。ただ、不思議なのです。人間が使う銃は強力です。青銅騎士団の勇ましい騎士たちも、銃によって一方的に射すくめられていました。

でも、強いは強いと思ったんですが、エルフの弓兵ならそれなりに戦えていたのではないかと思ったのです」

ガディーが弓兵と銃兵の違いを説明し、弓兵の方が射程が長いと話をすると、長老はかすかに頷《うなず》いて教えてくれた。

「あの日、地吹雪《じふぶき》の中でエルフの弓兵は最前列を歩いていた。騎士たちより視覚聴覚が優れている、という理由でな。それで敵の主力と遭遇した。距離は二〇尋《ひろ》もなかったという」

出会い頭の遭遇戦でエルフの弓兵たちは討たれてしまったという。

「すみません。なんで弓兵が最前列なんですか。銃と違って弓なりに味方の頭の上を飛び越せるんだから後方に位置するのが普通ではないのですか」

「理由は説明したぞ。タウルガディー」

長老はそう言うが、視覚聴覚が優れているからという理由は到底納得できなかった。育てるのに一〇〇年以上の時間がかかるエルフの弓兵を斥候に使うなんて。

長老は軽くため息をついて口を開いた。

「最初からエルフの弓兵を全滅させるつもりだったのだろう」

「青銅騎士団が、ですか」

「これから支配するという場所の力をそぐのは悪い話ではない」

悪い話だろうと思ったが、これは自分がエルフ側の立場でしかものを考えられていないせいかもしれない。ガディーは目を閉じて冷静になろうとした。

「酷《ひど》い話です」

「アイオロスも色々な目論見《もくろみ》があったのであろう。力をそぐのもあったろうし、忠誠心を試すつもりもあったかもしれない──」

「弓兵を率いる指揮官は無茶《むちゃ》な指示を呑《の》んだのですか」

「断れたら断っていたろう」

本当に酷い話だと、ガディーはうめいた。

ところでこの会話は、後のガディーの人生に強い影響を与えることになった。

今後、どこに身を寄せるか考えるとき、聖ダビニウス青銅騎士団が候補から外れたのである。そして戦の術《すべ》について一段と考えるようになった。人間社会で銃が戦の術で主兵の地位に躍り出たように、弓にも戦の術はあったと強く思うようになったのである。


長老のところに通いつめる数日のうちに、エルフの里と周辺の人間の村の間で話し合いがもたれることになった。

会議の場であるエルフの里の外、エルフと人間が交渉をするために作られた森の外れへ向かう。会議の場と言えど、なにもない原っぱである。その原っぱの東と西にエルフと人間たちが並んで話し合いをするのだった。座る場所もなく、エルフと人間、一列ずつ並んで立ち話をするのである。

議題は一つ、聖ダビニウス青銅騎士団が敗退し、騎士団の多くが死んだ結果、次はどこに身を寄せるかという話である。グランドラ王の侵攻の手は、この勝利で緩むことはあるまいという判断であった。他方聖ダビニウス青銅騎士団は、本拠地である北国《ほっこく》に籠って、戦力を立て直すのに躍起になっており、とてもではないが森州《タウ》の面倒を見るような状況ではなくなっていた。

次はどうするか。この重要な話し合いに長老に言われてガディーも参加することになった。どうして僕が行くのだろうと現場に行けば、タヘーもいた。

「あれ、タヘーがなんでこんなところにいるの？」

「それを言うならお前だってそうだよ。ガディー」

二人が言い合っているのを、人間の村長《むらおさ》とエルフの長老が苦笑して見ている。

「さて、どうするか、だが」

エルフの長老がそう切り出すと人間の村長は口を開いた。

「こちらは意見を集約しました。あくまで騎士団に庇護《ひご》を求めるべきだという声もありましたが、エルフの長弓兵たちの最後を聞いて、その意見は消えてしまいました」

「生き残れるならば騎士団に庇護を求め続けてもいい」

エルフの長老の言葉に、村長は頭を横に振った。

「もはや青銅騎士団にその戦力はございますまい。倅《せがれ》が見た感じ、それほどの被害でした」

倅とは、タヘーのことである。得意げなタヘーの顔に変顔で応じていたら、ガディーは長老に怒られた。エルフらしくない、という理由である。

「我々もタウルガディーの証言からそのように判断した。そして青銅騎士団を頼らないとなれば、選べる道は限られる。即《すなわ》ち、グランドラ王に服従するか、それ以外だ」

村長はタヘーの頭を撫《な》でる手を止めてエルフの長老を見た。

「グランドラ王はエルフに対して……」

「その通り。だが人間は生き延びることができるかもしれない」

人間たちが動揺しているのが見えるが、直《す》ぐに収まった。村長が苦笑して首を横に振っている。

「我らだけでもというお心遣いは長年の友誼《ゆうぎ》の証《あかし》であると思います。しかし、グランドラ王は無理でしょう。人間とはいえ、我々はエルフに親しくなりすぎました。それに、グランドラ王は税の単純化を掲げて例外なき五公五民を標榜《ひようぼう》しております。その税ではここで生きていけません」

村長は遠い目をした後、苦笑した。

「あるいは森州を捨てて平野部に移る手もありましょう。ですがそれなら、戦いに負けてこの地を捨てるのと変りませせぬ。また近年耕作できる土地は、どんどん減っているといいます。今より良くなる保証など、どこにもありはしないのです」

「では、グランドラ王以外のどこの勢力につくかを話そう」

「イントラシアはどうですか」

タヘーが突然言い出した。会議に連れてこられて嬉《うれ》しかったのか、発言したかったか。

おそらくは両方だろうとガディーは考えた。

「ふむ。北東、陸州のリエメンと比べて少しばかり遠いが……」

真面目《まじめ》に答えるエルフの長老に、人間の村長《むらおさ》がタヘーを叱りながら口を開いた。

「すみません。倅《せがれ》はイントラシアの陣で助けられて、それから少々ひいきにしております」

オークの人が親切だったとか余計な事を言わないだろうなとガディーは思ったが、よくよく考えれば言っても問題のない事のように思えた。母の耳にさえ入らねば良い。

「タウルガディーはどう思う？」

いきなり長老に話を振られて、狼狽《ろうばい》した。タヘーが変顔して父親である村長に怒られている。ガディーはそれで冷静さを取り戻して、頭を下げて口を開いた。

「確かに我々にも親切にしていただきました。でも僕が分かるのはそれくらいのもので」

不意に重要な事を思いついてガディーは身を揺らした。タヘーのうかつな行動も役立つ時はある。

「そうだ。それで、なのですが、陣にオークの偉い人がいました。少なくとも片親はオークだったのではないかと思います」

エルフ側がどよめいた。眉一つ動かさなかったのは、長老だけだ。長老は軽く片手をあげて皆を黙らせると、まだ報告は終わっていないとガディーの言葉を待った。

「ですからイントラシアはありかもしれません」

ガディーが言うと周囲は露骨に顔をしかめた。長老は軽くため息をつくと、口を開いた。

「エルフは分かりづらいというが、エルフの子、タウルガディーもそのようだ。もっと説明しなさい。皆に分かるように」

「はい。ええと、つまりこういうことです。オークの血が入っていても出世できるということは、エルフだって同じではないかと。もちろんエルフに近しい僕でも大丈夫のような気がすると思いました」

「しかし、オークは……場合によってはオークの部下になってしまうではないか」

そんな周囲の反応である。それはそれで、分かる反応だとガディーは頷《うなず》いた。そんな様子をエルフの長老は楽しげに見ている。

「イントラシアは人間至上主義ではないということが確かであれば、それは一考に値する」

「長老！」

怒気も鋭く文句を言うエルフたちを、エルフらしくもないと長老は一蹴した。

「オークを嫌うことと、生き残るために動くことはまた違う話だ。混同してはならぬ。そもそも我々は宗教とやらを呑《の》もうとしたではないか。アイオロスが神の子というインチキを呑むのとオークと同じ陣営と、どちらも等しくろくでもないのは確かだが、鉄を作るために木を切り森を焼かれるよりは、よかろう」

もちろん、イントラシアが出す服属条件次第だが、と長老は締めくくった。

「それよりも、他に良い国を知らぬか。イントラシア以外の他の選択肢を検討し、しかるのちに結論を出そうではないか」

話し合いは昼過ぎまで続いたが、ついに他の選択肢は出なかった。森州《タウ》から見て北東の陸州リエメンを頼る案もあったが、悪名高い奴隷狩りを嫌がったのである。

結局、エルフたちと近しい村の人間たちは、イントラシアに使者を送ることで合意した。使者には自分が選ばれるだろう。なにせエルフはオークを嫌いすぎる。ガディーはそう考えていたが、使者には人間の村の方から人が立つことになった。同じ事を人間の村も考えたらしい。

グランドラ王の版図となった雪の平原を避け、森州から直接沿海州を目指すとなれば険しい山道を進まねばならない。

エルフなら魔法で三日と掛かるまいが、人間の足なら二〇日はかかる。

できれば、この顛末《てんまつ》を眺めてから追放されたいと思っていたら、存外早く返事が来た。わずか五日ほどである。こちらの使者が到着するより返事が早い。

「イントラシアは魔法を使うのでしょうか」

「人間は遠くに思念魔法《テレパス》を飛ばすことができぬ」

ガディーの質問に、エルフの長老はそう答えて思案顔をした。

「魔法以外で、イントラシアは高速に移動する方法を編み出したのだろうな」

「そんなことができるんですね」

「興味があるか、タウリエルの子タウルガディー」

はい、と正直にガディーは言った。なにせ魔法は自分では使えない。いくつも呪文を知っているし使い方も知っていても、魔力がないので使えないのである。

もし、早く移動できるのなら、時々母の様子を見に帰れるかもしれない。

子供らしいというか、甘いことを考えているガディーを、長老は苦笑を隠して見つめた。

「服属の条件として検地を受け入れること、田畑に応じた税を収めること、兵として銃兵一〇人、鑓《やり》六二本、戦時においては人夫を検地に応じて出すこと、と言う話だ。税は九公一民」

「税が九割！」

「落ち着きなさい。タウルガディー。田畑に課税されるのだ」

タウシノには、米を作る田がない。畑も僅かであった。そもそも畑作に向いた土地でもないのだ。数千年前に山が噴火して硫黄《いおう》が混じる土が山肌を包んでしまい、この地は農作不毛の地となってしまっている。数千年も前になると長老や門の司《つかさ》くらいしか実際に見たことがない。ガディーは腕を組んで考えて、口を開いた。

「それは、思ったより良い条件とみて良いのでしょうか」

「そうかもしれぬ」

問題は銃兵一〇名である。人員はともかく銃を用意するのがタウシノでは難しかった。なにしろエルフは鉄に触れれば命に関わるほどやけどしてしまうし、人間の方も過半数が似たり寄ったりの感じであった。この地は魔力が多く、生きているだけで魔力を帯びるようになるという。ガディーはその例外であった。

だからこの地方では、銃を作る鉄砲鍛冶《かじ》もいない。魔法を使う者がつかう金属として輝く真銀、すなわちミスリルというものがあったが、こちらは鉄より鋭利な刃物は作れても鉄ほど粘りがあるわけではなく、銃の撃発には耐えられなかった。砲腔《ほうこう》爆発するのである。

おそらくそれらを勘案して差し出す銃兵は一〇名にまで減らされたのだろう。長老はそう言った。銃は金銭でまかなうにせよ、これはこれで、結構な価格であった。自給自足のタウシノでは、この程度でも結構な負担になると、そこまで読んでのことであろう。

結局、人間の村が九名の銃兵をだし、銃の金はエルフが出すことになった。エルフの作り出した美術品を売って金に換え、これを銃にしようという考えである。

エルフの里から唯一銃兵として出ることになったのはガディーである。

ガディーほど魔力がない人間もこの地にはいなかったから、この決定は妥当なものとして一人を除いて皆が受け入れた。

受け入れなかったのはガディー本人ではなく、その母、タウリエルである。

「許しません」

ない胸を張ってタウリエルはそう言い、ガディーを抱きしめて首を横に振った。

「鉄を帯びる職業に、我が子をつける母親がいますか」

「いや、僕鉄に触れても大丈夫だし」

「鉄を帯びる職業の者はエルフの里に入れないのよ」

涙を浮かべて母はそんなことを言う。

どうせ追放だし、と口に出しそうになりながら、小さい子のように泣く母を抱き上げた。

実際、エルフ基準では小さい子ではあった。見た目にも。

「エルフの里に戻れるころには職業も変っているよ、きっと」

そんな説明で母が納得する訳もなかったが、周囲のエルフたちがタウリエルを無理矢理《むりやり》引き剥《は》がして、ガディーを送り出した。

まだ門の内で暴れている母の声に胸を痛くしながら、ガディーは見送りに来た長老と門の司に頭を下げた。

「くれぐれも母を、タウリエルをお願いします。あんまりいじめないでください」

「いじめてはおらぬ」

わーというエルフらしからぬ大声で泣いているタウリエルの泣き声を遠く聞きながら、顔をしかめて長老は言った。自分で引き離しておいても、心は痛むようであった。

「そもそもお前の母は今となっては数少ない、大事なエルフの若子《わこ》だ。人間を育てるという無茶《むちゃ》が聞き入れられたのも我らが可愛《かわい》がっていたからだ。心配するには及ばぬ」

「ありがとうございます。あの、母が泣いたときには甘い物が良いので」

隣に居た門の司《つかさ》が苦笑した。

「どちらが親だかわからぬな。安心しなさい。タウリエルの子、タウルガディー。幼い君を銃兵として差し出したことで、君の母は大きな貢献をしたと認識されている。安泰だ」

「母は、安泰のために僕を差し出したわけではありません。そもそも差し出したつもりもありません」

ガディーの言葉に門の司は、エルフとしては極珍しく頭を下げた。

「そういうつもりではなかった。謝罪する」

「いえ。こちらこそすみませんでした」

気持ちよく旅立ちをしたかったのに、後味の悪い出発になってしまった。

母とは別れの言葉も交わせずじまいだった。いや、そんなことすれば出発する気もなくなってしまうだろう。母と別れるのは、つらい。

森を出てとぼとぼ歩くうちに、一日、二日ほど母と遊んでいれば良かったかと、そんなことも思った。そうすれば母にも、もう少しは良い思い出を残せたかもしれぬのに。ため息一つ。後悔しても、もう、遅い。

気の塞ぐ話は、まだあった、合流予定の人間の村はずれにいくと、包帯を手に巻いたタヘーが待っていたのである。

「俺、銃兵になれそうもなかったよ」

タヘーは銃を持つ練習代わりに貰《もら》った鉄の短剣を握って、大やけどを負ったという。巻物の起動魔力を持つ程度でもそうなのかとガディーは驚いたが、すまなさそうな顔をしているタヘーを見て、肩を抱いて笑った。

「なに言ってるんだよ。戦争行かなくて良かったじゃないか。シリスランネだって喜ぶよ。きっと」

「すまない、すまないガディー」

泣くタヘーの背を叩《たた》いて、ガディーは笑って旅立つことになった。知り合いは一人もおらず、心残りだけがある苦い旅立ちだった。

第三章　はじまりは小納戸役

Chapter 3　Eventually I seem to be called *great tactician*

それから二〇日ほどかけて、森州《タウ》内を歩いた。街道も整備されておらず、獣道同然の道を苦労して歩いたが、どうにか沿海州の端にたどり着くことができた。

風呂に入りたい。服を洗濯したい。

しかし、それが中々かなわなかった。

イントラシア家が支配する沿海州は、指定した町以外での宿屋の経営を禁止していたのである。代わりに街道を整備し、四刻ごとに駅を置き、そこに宿の集まる宿場町を作り上げていた。

刻、とは時刻の刻である。測量などが定かでなかったこの時代、長い距離は徒歩で歩いた時間で表していた。一刻（二時間）とあれば歩いて一刻でたどり着くわけである。当然、道の険しさ、歩きやすさで長さはまちまちであった。同じ一刻の距離でも山では短く、平地では長い距離になっていた。

一番近くの宿場町まで四刻（八時間）と聞いてがっかりしつつ、また歩き出した。

最初の方は銃兵となる一〇人でよく会話をしていたが、旅の終わりのこの頃は会話もなくなり、ただただ、黙って歩くだけになっていた。ガディーもそうである。母に孝行すれば良かったとか、シリスランネの墓を作りに行きたいとか、そういうことばかりを考えていた。先がどうなるかは、考えようともしなかった。

エルフの長弓兵が使い潰された記憶は新しい。イントラシアも同じことをするのではないかとは、ガディーならずとも思っていることである。

日暮れ過ぎに宿場町につくと、その思いが吹き出した。

かまどの火を落としたので飯は出ないが宿泊してもいいという宿に入り、風呂に入り洗濯をしていると、一人が叫びだして家に帰ると言い出したのである。

当然直《す》ぐ、周囲の人間に黙らされた。帰りたいのは皆同じだと、一番の年かさの少年が言っていた。

「タヘーはいいよな。やけどなんて嘘《うそ》ついて！　あいつ村長《むらおさ》の子だからって仮病を許されたんだぜ」

別の少年が、そんなことを言う。

「でも、タヘーは一度戦場に巻物を届けに行ったよ」

ガディーが友のために控えめにそう言うと、数名が笑った。

「まさにそれだよ、ガディー。タヘーがあれで死にそうな目にあって、怖《お》じ気《け》づいた。それ以上に騒いだのがあいつの母親さ。何人子がいてもかわいいもんはかわいいらしくてな」

それで仮病を使った、という。周囲は裏切られて残念だったなと、ガディーの人の良さをからかう様子だったが、ガディー自身は、裏切られたと言うほどの気分ではなかった。

母が子を思うのは当然だ。と思ったのもあるし、すまないを連呼していたタヘーを思い出して、あのすまないは本心だったと思ったからでもあった。あれが演技の話であったら、騙《だま》されても仕方ない。

翌日になって寝床から起きると、自分以外は逃げてしまっていた。

銃兵が逃げてしまったらどうするんだとガディーは途方に暮れたが、さりとて自分はエルフの里に戻るわけにもいかない。それで仕方なく一人でイントラシアの軍門を目指した。

幸いだったのは銃の代金代わりになるエルフの美術品を管理していたのが、ガディーだったことである。人さえ送って貰《もら》えたら、銃は用意できる。

宿の人に道を聞き、徒歩で歩くこと七駅五日かけて指定されたイントラシア軍の宿営地であるイグノゴンド城に着くことができた。

イグノゴンド城。かつてエルフが建てたと言われる沿海州北部の町である。三方がロルン湖に面しており、夜に焚《た》かれる篝火《かがりび》が水面に輝く様は、水上の宝石と讃《たた》えられる城である。人の手に渡って順次拡張され城壁がそのたびに陸側に建てられ、今は四番目の城壁が建築されつつあった。城の中心から半刻（一時間）というから、まだ入り口も良いところである。

はるか遠くに白亜の城を眺めつつ、この地特有の小さな穴だらけの灰色石で作られた大きな城壁を見る。エルフ的な見方をすれば城の素材と違うのでダメ、やり直しという感じであるが、人間としてみれば壮麗そのものの建築である。門の高さは五常《じょう》（一八ｍ）であり、今はもうどこにもないであろう、巨大な木で扉が作られていた。

城の中に町が作られているようで、庶民も普通に出入りしている。

流れに沿って歩いて二つめの門を越え、三つめの門でようやく人が少なくなり、誰何《すいか》されることになった。門を守る兵から呼び止められ、名乗れと言われたのである。時刻は日の出から四刻（八時間）だから昼過ぎという感じであった。

「タウシノからやって参りました、エルフの里の銃兵のタウルガディーと申します」

ガディーがそう名乗ったところ、二人の門番が顔を見合わせた。

「そうはいうが、お前エルフではないじゃないか」

「エルフは鉄に触れられませんので、代理です」

「銃がないではないか」

「もとより故郷にはないので、この地で買う予定でした」

「なぜ一人しかいない」

「それが……僕以外逃げてしまいまして」

門番が呆《あき》れているが、とりつくろう嘘《うそ》も考えていなかった。

「嘘をつけ、と言いたいが、ここまで怪しいとかえって真実味《しんじつみ》があるな」

門番はそんなことを言った。

「エルフ語使いましょうか？」

「いや、それにはおよばぬ。少し待て」

門番は同僚に後事を任せて引っ込んでいった。

それから四分の一刻（三〇分）ほど待たされたか、見知った顔がやってきた。親切なオークこと、シンクロである。厳《いか》つい顔はそのままに、今日は政処《まんどころ》での仕事のための制服姿になっていた。

「なんだ、小僧、今度は一人か」

事情を説明しようとしたら、シンクロは手を振って止めた。

「事情は聞いている。二度も説明しないで良い」

「ありがとうございます」

「お前ともう一人は来ると思っていた」

シンクロはそう言ってついてこいと手を振った。

「よく僕たちのことを覚えていましたね」

長い板張り廊下を音もなく歩くのが掟《おきて》らしい。歩くとき音を立てぬように言われるのはエルフも同じであった。シンクロを真似《まね》て歩きながらガディーは前方を歩くシンクロに尋ねた。その背は大きく力強く、エルフのそれとはまた違う感慨がある。自分に人間の父がいたら、こんな感じになるのであろうかという感慨である。むろん、里の者には言えぬ。特に母には。

先を歩きながら、シンクロは大声で言う。

「何故《なぜ》覚えておったかか？　そりゃもちろん、また再会すると思っていたからよ。うちの姫様は格別に可愛《かわい》いからな。ガハハ。直《す》ぐにも仕えたくなるだろうさ」

後ろをついて歩きながら、ガディーは声をかけた。

「声が大きいですよシンクロさん」

「目上のものには様をつけんか」

「あ、はい。シンクロ……さま。フローリン姫について軽々しくは言えないのではないですか？」

「なんだ。貴様この城の大きさに呑《の》まれたか」

「いえ、それほどでも」

じろりとガディーを見て、シンクロは口元を笑わせた。

「ではなぜ、姫について大声を出さぬ方がいいと言ったのだ」

「前にお会いしたときに、フローリン姫……さまの表情変化を隠そうとされていたので。子供っぽいところを周囲に見せないようにされていたように見えました」

「なるほど。中々やる」

褒めているのか生意気とみているのか。黙っていたらシンクロは背越しに口を開いた。

「説明してやろう。ここは奥と言って城の主《あるじ》の生活する場所だ。城主が女性《にょしょう》ゆえに基本は男子禁制、姫のかわいらしさをどれだけ言おうと頷《うなず》かれることはあれど、イントラシアらしくないなどとは誰も言わぬ」

「僕もことあるごとにエルフらしくないと言われていましたから気持ちは分かります」

「ふんっ、田舎《いなか》のエルフ風情《ふぜい》の嫌味《いやみ》なんぞ……まあ、どちらもろくでもないのは確かであろうが」

遠くから廊下を走る音がした。板張りなので遠くまで聞こえる。そりゃ足音を立てないように言われるわけだよと思っていたら、不意に角から姿が見えた。ひらひら、ふわふわ、紐飾《リボン》りたくさんの可愛《かわい》らしい服を着た少女が走ってきた。

「シンクロ、この服はどうか……あ……」

一瞬誰だか分からなかったが、驚いた顔には覚えがあった。

「フローリン・イントラシア……」

シンクロはしまったという顔をした後自らの頭をぽんぽんと叩《たた》き、笑い出した。

「タウルガディーとやら、お前はこの城の秘密を知ってしまったようだ。もはや生きては返せぬ」

「意味がよく分かりません」

ど、どうしようと動きが止まっているフローリン姫の方に目がいきつつ、ガディーはそう返した。

「決まっておろう。こんな姿の姫君を見たのだ。生かしてはおけぬ」

フローリン姫が顔を青くしてやめてと言う前に、ガディーは動いた。軽く手をあげてフローリン姫に頷いたのだった。母よりちょっと大きいくらいの娘を守らないでどうすると思った。

「先ほど、『ここは奥で姫のかわいらしさをどれだけ言おうと頷かれることはあれど、イントラシアらしくないなどとは誰も言わぬ』と言っていたではありませんか」

「良い切り返しだが、お前は外部の者ではないか」

「僕はエルフの里でこれまでの人生の大部分を過ごしていました。人間の常識なんて分かりませんし、あまり興味もないです」

シンクロは大きな犬歯を見せて、にやりと笑った。

「余所《よそ》で喋《しゃべ》られると困ると言っているのだが？」

「基本男子禁制の場所に僕が居たこと自体がありえないのではないですか」

「わはは。たびたびの良い切り返しだ。命拾いしたな」

シンクロはがははと笑った後、ガディーに顔を近づけた。

「だが、ありえないのなら殺されても問題はないと思う者もいよう。まだまだだな。小僧」

シンクロはそう言うと、背筋を伸ばしてにこやかな笑顔になった。

「その装束、大層お似合いです。あまりのかわいらしさにシンクロ、感嘆いたしました」

ガディーとシンクロ、双方を見てなにも言えなくなっているフローリン姫にシンクロは重ねて笑って見せた。

「こやつ、今日より兵として城下に入りました。タウシノのガーディと申します」

「タウリエルの子、タウルガディーです」

完璧なエルフの発音で、ガディーは言った。ガーディという人間風の呼ばれ方は、あまり優美ではないと思ったのだった。

シンクロは目を細めて言った。

「いかがでありましょう。こやつ、先ほどのやりとりでも見せたとおり、見た目も良ければ中々頭の切れも良く、どう振る舞えば良いのか、瞬時に判断できます。御家人《ごけにん》としておそばに置くのは」

瞬間、フローリン姫の目に迷いが見えた。ガディーの顔を見ている。ガディーは大丈夫という風に笑顔を向けた。

それが良くなかったのか、フローリン姫は表情を消して、目線を下げてしまった。

「いい。いらない。その子は普通に遇してあげて。戦場では不慣れでしょうからシンクロ、あなたが面倒をみなさい」

残念そうに己の装束を見ると、フローリン姫は表情を消して、音もなく歩いて去って行ってしまった。シンクロが自らの頭を叩《たた》いている。

「すまんな。引き上げてやろうと一芝居を打ったのだが」

「いえ。でも守って上げたくなるお姫様ですね」

「分かるか！　小僧！」

少々乱暴だが気持ちの良い人だ。ガディーはそう思った。


それで、ガディーはシンクロの世話になることになった。組織上、ガディーは独立土豪でシンクロ・ナウロネレドに加勢する勢力という扱いになり、立場上は与力《よりき》という扱いを受けることになった。

とはいえ、それは形だけの話で、なにせ今のところガディー一人だけという話なので、部隊に組み込まれるような事もなく、実際は食客の扱いであった。つまりは居候である。

銃兵を用意できないことで怒られる、というか、故郷タウシノが危機に陥るとガディーはひやひやしていたのだが、理由を話して手紙をタウシノに送ったあとも、特におとがめはなかった。というよりも、気にしていない、という様子である。流石《さすが》大国ともなると銃兵一〇名くらい、どうということもないらしかった。

あるいは、銃兵一〇名分、自分に働け、ということであろうか。ガディーは首をひねったが、答えは出なかった。

シンクロに尋ねようにもシンクロ自身は多忙のため、ここ数日顔を合わせていない。実際、ガディーの面倒はシンクロの子、ナロルヴァが見ている。

ナロルヴァはガディーより一、二歳年上で、背の高い女武者である。主君が姫君のため、女手も必要だろうと武人として育てられた人物で、大きめの犬歯以外には父シンクロを思わせる要素がなかった。母親似、と言う奴である。父親に似ずによかったとは、父シンクロの弁であった。

この娘、朝になるとガディーの寝所の戸を開けるのが日課だった。武人の家らしく矢竹の生える庭の前の廊下をそっと歩いては、

「起きろガーディ！　もう朝だぞ！」

大声でそう言って飛び起きさせるのである。そのたびに腕を組んで何故《なぜ》か得意げな顔になるのであった。

「ガディーですよ。ナロルヴァさん」

「さまをつけろとは言わんが殿をつけんか。女だが私は別格だぞ」

当時実際に、別格という職があった。女性《にょしょう》だが戦士であり、扱い上は男性と同じで家名、家督を継ぐことができる。領主一族、中でも姫君の護衛を請け負う者であり、大抵の騎士よりよほど影響力を持っていた。

ガディーは着衣を直しながら、立ち上がった。ナロルヴァがちらちらこちらを見ているのが分かった。エルフの養い子の裸が気になるのだろうか。

「ナロルヴァさんがガディーと呼んでくれたら考えます」

「ガヒーは言いにくいだろ」

「ガディー」

「ガヒー」

ガディーの表情を見て、ナロルヴァは恥ずかしそうにそっぽを向いた。後ろで結ぶ馬の尻尾のような長い黒髪がガディーの頬《ほお》に当たった。

「言いにくい。やっぱりお前はガーディだ。私が決めた」

「ガディーもガーディも口の動きは同じですよね。人間はなんでこれができないかな」

「私は四分の三人間だ。というか、そもそもお前だって人間だろうが」

ガディーは少し考えて、そうですねと言った。鼻持ちならないと言われるエルフの説教癖を自分も出してしまっていると思って反省したのである。

のちに、タウルガディーはエルフ語に堪能《たんのう》でない大部分の人間たちからガーディと呼ばれることになる。人間の書いた歴史書や物語、講談でもガーディと書かれる。本書でも、ガーディと記したい。

この何気ない朝のやりとりから、ガディーはガーディとなる。

「ところでガーディは、どんな武器を使うんだ？」

ナロルヴァはガーディの寝具を庭に立てた物干し竿《ざお》に乗せながら言った。

「銃兵として連れてこられたんですけど」

寝具を棒で叩《たた》きながら、ナロルヴァはガーディを見た。

「銃を持ってないじゃないか」

「はい。使ったこともありません」

ナロルヴァが首をかたむける。馬の尻尾のような髪が、合わせて不思議そうに動いた。

「銃を買うところからはじめようかと。あ、お金になりそうなものをちゃんと持ってきてあるんで支払いは大丈夫です」

ナロルヴァはよろめいて腰が抜けたように庭に膝をついた。

「大丈夫ですか」

「大丈夫じゃないのはお前だ。さすがにそれは……その、無謀だと思うぞ」

「そうなんですか？」

ナロルヴァは急に立ち上がった。心配そうな目である。

「そもそも一人だけ送られてきたとかいうし、お前、捨てられたんじゃないか」

「いいえ。それはないと思います。イントラシアの軍門に降《くだ》って庇護《ひご》を求めた以上、約定《やくじょう》を違《たが》えて困るのはタウシノの、僕たちの故郷です。シンクロさまに頼んで手紙を出したので直《す》ぐに代わりが送られてくると思います」

「そいつらは銃をどれくらい使えるのだ？」

「使ったことないと思いますよ」

ナロルヴァはまた崩れ落ちた。

「ど、どうやってこれまで独立を保っていたのだ」

「畑も作れないくらいの田舎《いなか》だったので」

「人はどうやって生活していたのだ」

「川には魚がいますし、秋には木の実がなります」

「エルフとは熊かなんかか」

エルフはだらだらと戦争を続ける人間を野蛮、後進、未開人と呼ぶが、人間から見るとエルフの生活こそ未開人らしい。

「熊、というには優美ですけどね」

ガーディはナロルヴァに手を貸して立ち上がらせた。手を取る瞬間に恥ずかしそうにしたのには、ガーディは気づかなかった。エルフとは熊かなんかかという言葉の印象が強すぎて、頭の中で反芻《はんすう》していたためである。

面白い土産《みやげ》話を得られた。目下帰れる予定はないけれど。

ナロルヴァは口先を尖《とが》らせた。

「お前を見ていればエルフがどれくらい美しいかは分かる。だが、武人の価値はどれくらい戦えるかだ。そもそもお前は銃を使うには体格が良くない。なんで私より腰が細いのだ、おかしいだろう」

何故《なぜ》か怒られている。

「そんなこと言われても。こう見えても僕、エルフの里の中では大きめでした」

ナロルヴァはくやしそう。横を向いた。

「体格の話はいい、どれくらい武器を使えるんだ。鑓《やり》は？」

「森の中で鑓が使えるわけないじゃないですか」

「……今ではほとんど使われてないが、剣は？」

「あ、僕、鉄に触れるんです、なんで剣なら使えると思います」

ナロルヴァはよろけた。ガーディは支えた。

「お前と話をしていると頭が痛くなる。父上はなんでまたこんな難物を私に預けたのだ。ああそうか、修行か。これは修行だな！」

僕って難物だったんだ、とガーディが思う間に、ナロルヴァは立った。

「ならば、まずはお前の特性を見る。将とは人の特性を見分けることにつきる。イントラシアの教えだ。分かるか」

それで、木剣を持たされてナロルヴァと立ち合った。七戦して全敗だった。初めて剣を持ったので当たり前だが、倒したナロルヴァの方が、よほど痛い顔をしていた。

「こ、こんな奴をどうすれば⁉」

「いや、だから僕、銃兵になる予定で」

「剣もろくに使えないのに銃が使えるわけないだろう。銃をなめてるのか」

両肩を掴《つか》んで揺さぶられた。

「僕にとってはどっちも同じくらい使ったことないものです」

「だーかーらー。なんなら使えるのだ。なんなら」

「まともに練習したのは弓くらいです。中の下くらいの成績でした」

ナロルヴァは白目を向いている。ガーディは思わず笑いそうになった後、口を開いた。

「弓ってそんなにダメなんですか」

「旧式すぎる」

「そうかな……」

ガーディとしては不思議である。弓兵が銃兵に劣るとは思っていなかった。戦の術《すべ》、それさえしっかり固めていれば、その数三倍差でも戦えるとさえ思っていた。

しかしナロルヴァは、そう思っていない。

「そうもなにも」

長いため息をつき、ナロルヴァはガーディの顔をまじまじと見た。色々諦めた様子で少し微笑《ほほえ》んでみせる。

「まあ、女で武人がいるのだ。男で武人以外がいてもよかろう。戦以外で活躍できる道を探すぞ」

そのままナロルヴァは父に願い出て、許可を得てしまった。シンクロもガーディが戦いに使えるとは夢にも思っていなかったようである。エルフ語が使えて目端が利くので姫君の側用人《そばようにん》として使うのはどうかと考えていた節がある。

ガーディはナロルヴァの小納戸役《こなんど》という仕事につくことになった。要は雑用である。主な仕事は倉に何が入っているか把握して、主《あるじ》に言われたら持ってくる、他に細々《こまごま》とした言いつけを果たす、そういう仕事であった。

ガーディとしては、これはこれで、文句がない。供出を要求する銃兵の人員に含めるという言質《げんち》さえとってしまえば、戦わずにすむのでかえって良かったと思うくらいであった。問題と言えば、少々恥ずかしいくらいのものである。

小納戸役を拝命した日、ナロルヴァは明日から私がお前を起こすんじゃなくてお前が私を起こしに来るんだぞと言った。

そういうものかと思ってガーディは頷《うなず》いたが、女性《にょしょう》の寝所に行って寝起きを見る、というのは、それだけでなんだか悪いことのような恥ずかしいことのような気がした。

朝、夜が明けぬうちに身支度を調え、戸を叩《たた》く。反応はない。寝所に入るかと考えて、いや、それは悪いだろうと考えた。あられもない姿だったらどうしようかという心配である。それで、戸を少しだけ開けて物干し竿《ざお》を入れ、それで起こすことにした。

効果はてきめんであった。瞬《まばた》き三回ほどの間で寝間着姿のナロルヴァが勢いよく飛び出して来たのである。目には涙を浮かべての、大変な怒り方であった。

「女性の部屋に棒を突き入れる奴がいるか！」

「いや、でも」

「エルフがそうしているとでも言うのか！」

両肩を掴《つか》んで揺すられた。この間、揺れる胸にはだけそうな寝間着に目を背け、ガーディはずっと直立不動で天井を見ていた。

「話を聞けぇ！」

「み、見えます、見えますから」

ナロルヴァは我に返って部屋に戻ると、着替えて戻ってきてまた怒りだした。

「わ、私を女扱いしたことについては褒める、いや、激賞する。が、棒で起こすのはやめろ。私は確かにお前の主君ではないが上司なのだから」

主君と上司になんの違いがあるのか、ガーディには分からなかったが、それよりも今を乗り切らねばならなかった。ここで退《ひ》いては、ナロルヴァのためにならぬ。

「で、でも女性の寝所に入るのはですね」

「お前は女みたいな顔をしているから大丈夫だ」

「それたぶん大丈夫じゃないです」

「と、とにかく棒はダメだ、棒は」

「銅鑼《どら》とか」

「そんなことやったら叩《たた》き斬ってやる！」

結局どうにかせよと押し切られた。棒がダメならどうしよう。魔法は使えないし。

腕を組んで考えていたら、倉の内容を覚えておけと鍵を渡され、案内された。

ガーディは、心配である。突然現れたエルフの里の人間に倉の鍵を渡すとは、ナロルヴァさん、じゃないナロルヴァ殿は大丈夫なのだろうか。

この上は、良く仕事をしてナロルヴァを助け、信じてくれた分に報いなければなるまい。

ナロルヴァはフローリン姫の重臣の娘であり、自身武人でそこそこの戦功をあげていたが、倉は一つで収蔵されている品もさほど多くはなかった。せいぜい五〇〇か六〇〇の品物で、そのうち二度と使わなさそうな幼子時代の服などが半数であった。

ガーディは紙と筆を借りて、一日経《た》たずしてエルフ語で目録を作った。この時の文はエルフ語の習字の教材として今も使われる。

夜には報告を行った。といっても、食事中に話をしただけである。父シンクロがいない時、ナロルヴァが食事をともにするのはガーディだけであった。他に直臣の部下がないともいう。

「穴の開いた服は捨てるか売るか、さもなければ修繕し、馬具などは直しましょう。武器はどう見ればいいのか分かりませんが、一部は修理した方がいいと思います。古い手紙は簡単な要約と目録を作りました」

ナロルヴァは目を見開いてガーディを見ると、口を開いた。

「武人としてはともかく、役人としては優秀なのだな」

「いや、これくらいは誰でもできると思いますよ」

「私には読めないが、こんなに美しい文字を書ける者がそういるとは思えない」

「あ、すみません。今度人間の言葉に直します」

「お前人間だろう」

「そうなんですけど、なにせずっとエルフの里にいたもので」

「なるほど。まあいい。これはこのままで、私が聞いたらお前が答える。それでいい」

それで翌日になると、また怒られた。ガーディは紙で作った吹き矢でナロルヴァを起こしたのだった。

季節が一つも動かぬうち、具体的には年明けを待たずに、グランドラ王が動き出した。

動いた先は森州《タウ》でも北国《ほっこく》でもなく、沿海州である。

出兵理由はイントラシアによる鑑定行為《アイデンティファイ》が不平等であるとのことだったが、それが名目上の理由でしかないことは、誰が見ても明らかだった。そもそもグランドラ王はもう何十年と鑑定使節を送ってもいない。

鑑定とは、貴族でもあるイントラシアが持つ権益の一つである。人や物の特殊能力を正しく見いだせる特殊能力で、貴族だけがこの能力を使うことが出来た。正確には逆で、鑑定の特殊能力を持つ者だけが貴族として選ばれていた。

その力は強力で、かつてはこの能力だけで貴族として、支配者として上に立てていたのだが、時代が下りてこの頃になると、魔法と並んで重用する者も減っていた。

つまるところ、グランドラ王の出兵理由は言いがかりである。

国力に自信のあるイントラシアは当然、受けて立った。後に言うエミンラング戦役の始まりである。

グランドラ王が先の雪の平原での戦いに伴う補給と再編成を終え、東進を開始したという報は、当日のうちにイグノゴンド城にももたらされた。

夜中に門を叩《たた》く音が聞こえ、開門、開門と叫ぶ使者と知るや、ガーディは急ぎ着替えてナロルヴァを起こしに行った。

ガーディが到着するのと同時に、部屋の中から声が掛かった。

「ガーディ、着替えを手伝ってくれ」

「しかし」

「火急の用事だろう、急ぎはせ参じるのが武人のつとめぞ。そのためなら肌を見られるくらいなんだ」

「良いお覚悟ですけど」

ガーディは部屋に入った。月明かりに照らされ、起き上がろうとするナロルヴァから目を逸《そ》らし、部屋の様子を一瞬でうかがうとあとは目を瞑《つぶ》って服を着替えるのを手伝った。

「ガーディ。目を瞑っているのか」

「はい」

「私を女扱いしたことについては褒める、いや、激賞する。が、この期《ご》に及んでそのような事をしているのだと、その、私の身体《からだ》を見るのはそんなに嫌かという感じなのだが」

「そんなわけないでしょう。はい、着替え終わりです」

「まだ胸元があるぞ」

「武器を持ってきた方が良いのではないですか」

瞬間で切り返してきたガーディの頬《ほお》を引っ張り、ナロルヴァはつまらなさそうに、同時にどこかほっとした様子でため息をついた。

「確かにそうだな。剣はここにある。斧槍《ハルバード》に鎧《よろい》と馬具をこの部屋に出しておいてくれ」

「すぐやります」

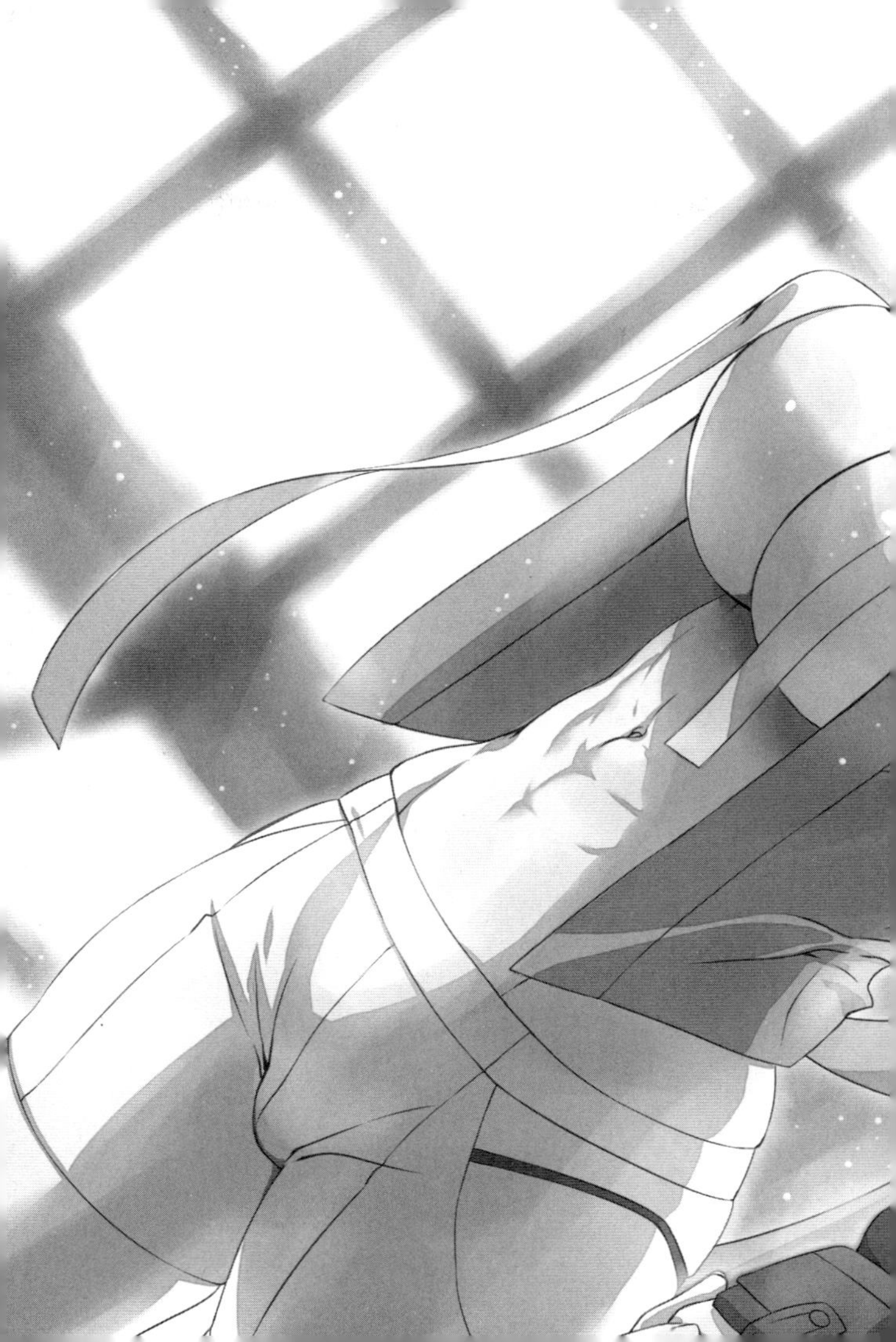

武具は一番使用頻度が高いと思って倉の入り口近くに置いてある。ガーディはいち早く武具を並べ、戸を開け、灯《あか》りをつけてナロルヴァを待った。

また戦か。

なぜ戦をするのだろう。そうか、それをエルフの長老に聞くのを忘れていた。

しばらくの後にナロルヴァが笑顔で戻ってきた。

「やったぞ。ガーディ、最初に支度して出てきたので父上から褒められた」

「それは良かったですね」

「うん」

ナロルヴァは嬉《うれ》しそう。そうやって笑うと、幼く見える。

「戦になりそうだ」

「支度はしていますが、すぐ、でしょうか」

「明日日の出と同時に出立する」

この頃、日の出が一日の始まりである。

「武器防具はいいですが、食料や馬はどうするんですか」

「馬の用意はちゃんとその職の者がする、ガーディは食料を倉から出してくれ。商人から買っている時間はない。馬の餌は気にしないでいい。私には徒《かち》の兵が一〇人つく」

ガーディは目録の控えを懐から出して読んだ。

「乾飯《ほしいい》、芋茎《いもがら》の縄、干肉、干柿、干葡萄《ぶどう》、塩《サール》があって、だいたい二〇日分です」

「なんて素早い計算なんだ。兵一〇人に勝る活躍ぶりだぞ」

「いえ、筆算くらいは普通に」

「筆算が何かはしらないが、たいしたものだ。ガーディは偉い、ガーディの上司になれた私は果報者だ」

　筆算くらいで何を、と思ったがナロルヴァはガーディの手を取って大いに笑っている。シンクロさまに褒められて嬉しかったんだろうなあと微笑《ほほえ》ましい気分でいたら、不意にナロルヴァはちらちらとこちらの様子をうかがいだした。

　小さくわざとらしい咳《せき》までしている。そのうち、覚悟を決めた様子で話し始めた。

「それで、だが、戦場にも、計算ができたり雑用ができるヤツがいると嬉しい。それに私が寝たときにその、不逞《ふてい》の輩《やから》が来たときにな」

「先ほど計算した食料には僕の分も入ってます」

　一人で待つ間、シリスランネや名前も聞けずに終わった少年の最後を思い出し、ガーディの出した答えはナロルヴァ殿を守らなきゃ、である。剣で七戦全敗し、戦闘で使えないと判断されていても、だからと言ってガーディの考えや行動は揺らぐことはなかった。自分よりずっと長生きするであろう母が、一〇〇年先でも思い出して自慢の子だったと言えるくらいには人に優しくしなければならないと思っていたのだった。

ナロルヴァは嬉《うれ》しそうに頷《うなず》くと、我慢できなくなってガーディを抱き上げてくるくる回った。父譲りのとんでもない怪力であった。

「ところで倉にある弓を持って行ってもいいでしょうか」

「そんなのあったか。ああ、そう言えば縁起物で七つの祝いに亡きおじいさまから貰《もら》ったな。それはいいが、役には……まあガーディの場合は剣よりいいのか。弓はやるので好きに使っていい」

「いいんですか。この弓は三〇年は乾燥させているイチイの木でできていて……」

イチイをエルフ語では弓の木、と言う。それだけ弓に向いた木材である。

「いい。飾り物にするにも簡素すぎるから」

夜明けまでそう時間があるわけではないが、できうる限りは休んだ方がいいということで、ナロルヴァを休ませ、自身は弓に張る弦《つる》と矢を探しに行った。

庭には古くからの武人の家らしく、矢竹があった。名の通り、矢に適した細い竹である。斜めに切って葉と節を落とし、筈《はず》（矢の後端の切れ込みに付ける部品）と矢羽根を付ければ簡易の矢を作ることができる。鏃《やじり》がないので簡単に引き抜けるし、鎧《よろい》を貫くこともできないが、直《す》ぐにも用意できるのはありがたい。

筈もないが、もとより強弓でもないのでよしとした。これぐらいの弓の強さなら、矢が裂けることもあるまい。

矢羽根は紙に糊《のり》を張って重ねて切り出して作った。

弓弦《ゆづる》は麻の縄があったので、これを元に結い直すことにした。弓弦と縄は似て非なるものである。雨天対策として漆で塗装もしたいが、そんな時間はない。

夜明けまでに二本だけ作ることができた。残りは時間があれば戦陣で作ることになろう。

用意できた矢は八〇本。一抱えほどになる。

夜明け前に、ナロルヴァを起こしに行く。眠れなかったのか、足音がしただけで顔を出してきた。

「行くぞ、ガーディ」

「はい」

二人は徒《かち》の兵の集合する大庭に出て、引き出された馬に馬具を当てた。

ちなみにガーディは徒、すなわち徒歩である。

この時も一番早かったのはガーディたちであり、他の武士や兵より早かった。

大庭は幅一〇〇常《じょう》（三六〇m）もあるのだが、すぐに人で一杯になりだした。皆整然と並んでいる。この時点ではイントラシアには戦闘序列《バトルオーダー》がなく、各家ごとに並んでいた。

「戦の前にそんなに気張っては、肝心の時に力が出ぬぞ」

時間きっかりに現れたシンクロはガーディの姿を見て、笑った。

「なんとも古風な出で立《い》ち《た》だが、いつから武人になった」

「ナロルヴァ殿を守ろうと思っているだけです」

ナロルヴァが顔を赤らめるのとシンクロが爆笑するのは同時だった。

「強さにおいてはなかなかの我が娘を守ろうとする男がおろうとは。いつからそんなに仲良くなった」

「父上」

うわずった声の娘に、シンクロは大きな犬歯を見せて手を振った。

「ああ、いい。子供の甘酸っぱい話などいらぬ。ナロルヴァ、功を焦《あせ》るな。お前の仕事は姫を守ること、干戈《かんか》を交えることではない」

「はい」

「姫は昼前に出陣召される。我々は先に出るからゆるりと来い」

流石《さすが》の風格である。シンクロたちは縦列を作って行軍していった。シンクロの兵は二〇〇〇ほどになる。

他方残されたナロルヴァたち一二名は昼まで暇かといえば、そんなことはなかった。急ぎ奥へ行って今度はフローリン・イントラシアの軍旅支度を手伝わねばならぬのである。

ナロルヴァがガーディを連れて行きたがったのは、このあたりに理由があった。

フローリン姫は流石に荷物が多く、その管理や勘定に、ガーディを当てようと考えていたのである。

こんなことなら最初から管理させてくれれば良かったのに、とも思うがイントラシア家の事情というものもあるのであろう。だいたい、なんでお姫様が戦場に出なければならないのか、そこがエルフの里で育ったガーディには不思議だった。

手早く書き付け、目録を作る。辟易《へきえき》するのは担当者が多すぎる上に連携ができていないことである。戦場に持って行く荷物にしても、服担当、食料担当、小物担当、武具担当、文房具担当、茶道具担当と六人いる始末でそれぞれ自分の職分しか把握していなかった。

輸送と警護を建前に量を聞き取りしていくのだが、意味不明の秘密主義が横行しており、ここでも都度《つど》聞いてくれれば良いなどと言われてしまった。それでは困ると概略だけでも聞いて回った。これだけで時間のほとんどを使い切ってしまった。

ガーディの感想は、無駄が多すぎる、である。しきたり、掟《おきて》満載のエルフでもこんなことをしない。

それにしてもエルフの里で育てられたとはいえ、小僧にも分かる程度のことが何故《なぜ》分からぬのだろうかと、それが不思議だった。

とはいえ、思っても不満や不平を口にせぬのがエルフの流儀である。エルフは普段やっていることを否定すると一〇〇年でも文句を言い続けるからだった。人間も同じであろう。エルフほど長命でもなかろうから五〇年くらいかもしれないが、良かれと思って言って恨まれたのでは割に合わない。それに、長老にも言われたではないか。人間はすぐに自分は違うと言う。同じ人間がやったことをちゃんと伝えもせず、考えも検証もせずに違う違う違うと言うと。

せめて文句を言うなら検証してからにしよう。ガーディはそう思って自分をいさめた。

弓の手入れというか、鏃《やじり》を作ったり、予備の弓弦《ゆづる》を作ったりしたいのに、すっかり時間をとってしまった。いや、それもどうか、自分の仕事は小納戸《こなんど》役、戦う事が仕事ではない。

終わりましたと報告に向かったら、丁度フローリン姫が鎧姿《よろい》でナロルヴァと話をしていたところだった。フローリン姫の鎧は金色で細かい装飾があり、随分と目立つ格好だった。

鎧は自らの体格に合わせて作るので、まだ成長期のフローリン姫の鎧は直《す》ぐに使えなくなるだろうに、それでも立派なものをこしらえている。

これこそ遠くエルフの耳まで届く、イントラシア家の力、沿海州で塩《サール》を作って売り、他方海外との貿易で蓄えた財力だなとガーディは思った。エルフ基準でいけばいささか装飾が稚拙だが、人間的には立派なものであろう。

金色の髪を揺らすフローリン姫はガーディを見て少し驚いた顔をした後、ナロルヴァの方を向いた。

「この者は？」

「ガーディと申します。タウシノの土豪で今は当家にて与力《よりき》をしております。ただ、与力と申しても計算ができて段取りもいいのでもっぱら小納戸役として重宝しております」

ナロルヴァはガーディとフローリンが会ったことがあるとは知らないようである。あえて説明するのも煩《わずら》わしく、ガーディは頭を下げるだけでなにも言わなかった。フローリン姫も頷《うなず》いたきりで、なにも言わない。しかし、どこか安堵《あんど》したような顔をしていた。様子からして、側用人《そばようにん》にはいらないと言った後も気にかけてくれていたようではある。

よく分からないなあと、報告しながらガーディは思った。この姫君の考えていることが、今ひとつ掴《つか》めない。分からなければ聞けばいいというのがエルフの流儀だが、人間の場合、身分というものが邪魔をしている。

「もう、終わったのか？」

ナロルヴァが言うので考えるのを中断して、口を開いた。

「輸送するものは大体把握しました。もう輜重隊《しちょう》には伝えてあります。この規模だと護衛はもっとあった方が良いと思います」

「分かった。と、このように、中々優秀なのです」

自分のことのように自慢してくれるナロルヴァが、ちょっとかわいい。ガーディは思わず微笑《ほほえ》んでしまった。

フローリン姫の下を辞して、残された僅かな時間で使えそうな材木を探してきた。削り出して鏃にするためである。木鏃《もくぞく》など威力はたかが知れているが、それでもあるのとないのでは違うし、形を変えて何種類か持てば矢の効果を変えることもできた。

昼前にフローリン姫を中心に本隊が出立した。名前は本隊だが戦力の多くは進発しており、規模的には一〇〇〇人ほどになる。間を開けているのは街道が混雑するのを避けるためであるという。イントラシアの街道は他国より整備され、馬が行き交えるように二尋《ふたひろ》の幅があったが、これでも連絡路に馬一頭分の隙間を作れば徒《かち》の兵で二列縦隊で移動するのがやっとだった。

必然、長い長い、隊列になる。

戦場となる場所まで五駅、四刻ごとに駅が置かれるから休みなく歩いて二〇刻（四〇時間）後に戦場に着くという。無理せず歩くなら一日一駅、無理して二駅と言うので無理して三日、無理せず五日の行旅になる。

食料は大丈夫だろう。ガーディは頭の中で計算した。行き帰りを考えて、少し渋滞したり間違ったりしてもかなり余裕がある。それよりも水の確保の方がより重要に思えた。味方の数がどれくらいか分からないが、大軍での移動となると水場や井戸には人が溢《あふ》れるはずである。

巻物を運んでいたときは考えもしなかったが、戦争というものは食事の算段や水の確保一つからして大変なものだ。寒いので暖をとるための薪《まき》だって、争奪戦が起きるかもしれない。ただ軍勢を動員するだけではないのだった。

「なぜ人は戦争なんかやるんだろう。こんなに大変なのに」

歩きながらそう呟《つぶや》いたら、馬上で吹き出す音がした。ナロルヴァだった。フローリン姫もびっくりした顔をしている。つくづくあのお姫様のびっくりした顔ばかりを見る。

「ガーディ、エルフは戦いをしないのか」

ナロルヴァが尋ねてきた。

「戦うほどエルフはいません。この間グランドラ王との戦いが数百年ぶりの戦いでした」

「よくそれで生きていたものだ」

ナロルヴァは感心したように言う。ガーディにはそれが不思議でならぬ。

「どういう、意味でしょう。戦わない方が生きていけるような気がしますけど」

エルフなら誰しも言いそうな事をガーディが言うと、表情を消したつもりのフローリン姫が馬を歩かせながら激しく何か言いたそうな顔をしている。ガーディの目線に気づいてナロルヴァが声をかけた。

「すみません。ガーディはエルフの里出身で人の行いに疎《うと》いのです」

フローリン姫は頷《うなず》いて、ナロルヴァに何か言い伝えた。

「姫は大層面白がっているようだ。ここだけの話だが」

本人が見える距離で、ナロルヴァはそんなことを言う。人間は面倒くさいな。僕も人間だけど。ガーディは歩きながらそう思った。一般にエルフの方が格式張って面倒くさいというが、礼儀さえしっかりしていれば、たとえ拾い子のガーディでも長老だろうと何だろうと面会して話すことができた。

「なるほど。ところでなんで戦うんですか」

疑問を直接ナロルヴァに尋ねてみたら酷《ひど》く肩を落とされた。常識を知らぬ者扱いである。

「いいか。戦わねば生きていけぬ。耕作できる土地は少なくなっている上に、人は多い。戦って農地を得ねば餓《う》えて死ぬ」

「なるほど、生き残るために戦うとはそういうことですか」

昔は今ほど寒くなかった、ともいうので、その頃は平和だったのだろう。今起きているのは壮大な人口調整、あるいは生存競争《サバイバル》というわけだ。

しかし、生存競争とすると先の戦いの意味が分からなくなる。

「ナロルヴァ殿、じゃあなんでタウシノや雪の平原なんてところをグランドラ王は取ろうとしていたのですか。どっちも農地にはとても向きません」

またフローリン姫が激しく何か言いたがっている。ナロルヴァはついに、直答したらいかがですかと提案した。

頷《うなず》き、手招きして馬の横に並べと示すフローリン姫。蹴られれば容易に命を落とす馬と馬の間に挟まれて歩くのは、あまり気持ちの良いことではないが、致し方ない。

「あまりに、あまりにものを知らないので私が説明します。良くお聞きなさい」

そう言ったフローリン姫は、面倒をみたくてしょうがない時の母タウリエルのような表情を浮かべている。ガーディの経験上、だいたいこういうときは面倒くさいのだが、どうも人間にもそのようなことがあるようであった。

人前だったから、あるいはシンクロさまにだけそうだったのか久しぶりに喋《しゃべ》ってみれば喋り方も変わっている。人間とはつくづく面倒臭い生き物だ。

フローリン姫は、空に指で地図を描いてみせた。

「雪の平原でグランドラ王が戦った理由は聖ダビニウス青銅騎士団を討ち、後顧の憂いを取り除くためです。グランドラ王の狙いは最初からこの沿海州、イントラシアでした」

「なるほど。後詰《ごづめ》を務めるぐらいだから、青銅騎士団とイントラシアには同盟かなにかがあったんですよね。対グランドラ同盟、という感じのやつが。それで、先の雪の平原の戦いで青銅騎士団を敗走させ、側面からの攻撃を受けないようにして主敵というか豊かな沿海州に狙いを定めて兵を送った、でしょうか」

「ちゃんと知っているではありませんか！」

フローリン姫は控えめに怒った。

「いえ。今の話で理解しただけです」

というよりも、それを知っていたらタウシノはイントラシアに臣従せず、今も山に籠っていたかもしれない。グランドラ王が森州《タウ》深くに侵攻しないのなら、エルフの里は安泰だ。

自分中心に考える限界を見た気がした。エルフの里にいただけでは、こういう考えには至らなかったろう。

「それについては分かりましたが、もう一つ分からないことが。なんで冬に戦うのでしょう。戦いは古来秋に行われると僕は聞いていました」

戦争の目的が食料確保である以上、食料を確保、すなわち略奪するためには秋が一番良いためである。冬にはどこの村も食料を隠し、戦争となったら山なりなんなりに隠れるであろう。田畑が荒れても春になったら耕せば良い。そもそも農繁期に兵を集めたが最後、食料生産に支障がでてしまう。それではそもそも戦争を起こす意味がない。良くも悪くも秋にしか戦えないはずだった。

質問をぶつけるとフローリン姫は小さく頷《うなず》いた。

「それは確かにその通りです。イントラシアもグランドラ王は秋に攻めると思い、いささか油断していました」

それが、後詰《ごづめ》での着陣の遅れとなったという。

「そもそも六〇〇〇人しか動員しないとは思っていなかったのです。敵より多くの兵を揃《そろ》えるのが常道のところ、グランドラ王は攻めるには微妙な数で攻めてきました」

「最初から二戦するつもりだったのですね。さらに言えば、兵数より急いで戦う方が結果的に利が多いと判断した」

実際、急いだおかげで後詰と戦わないで良かったのだから、六〇〇〇でも間に合った、というわけである。これも戦の術《すべ》なのだなと、ガーディは理解した。銃を活躍させるのも戦の術なら、急いで戦う事で敵を減らすのも戦の術。グランドラ王は戦の術の手練《てだ》れのようである。

ガーディの言葉を、フローリン姫はびっくりした顔で聞いている。よく見る顔だと思っていたらナロルヴァもびっくりした顔をしていた。

「ガーディ、お前……」

「つまりグランドラ王は優秀なんですね」

今度もびっくりした顔だったたが、こちらはどちらかと言えば、落馬しそうな感じだった。

「バカかお前は！　グランドラ王が優秀なことくらい、三つの子でも知ってるわ！」

ナロルヴァが感心した私の気持ちを返せと馬の上で喚《わめ》いた。フローリン姫は口に手を当てて笑っている。笑うとかわいいなとガーディは思った。というか、ナロルヴァも笑うとかわいい。自分は女の子の笑顔が好きなのかもしれないと、生まれて初めて自分の性癖を自覚した。

そんなに悪い気はしなかった。

歩きながら小刀を使い、堅い木を削る。矢の頭に付ける鏃《やじり》を作るのである。街道は渋滞しており、中々進まぬ。二列で一尋《ひとひろ》に四名いたとして、一万の大軍なら列の長さは一二五〇常《じょう》（4・5㎞）にもなる。実際は戦いに出る武人の各家で距離を取って歩くから三倍くらいの距離になっていよう。さらに先発隊がいるから、もっと長い距離になるはずである。最初の部隊から最後尾まで、一駅四刻（八時間）以上かかっている可能性がある。

鎧《よろい》を入れた行李《こうり》を背負った人の列が延々と続く。一部は冬でもあるし、着た方が不便がないと鎧を着けて歩いていた。

ちなみにガーディは鎧を持ってないので身軽である。かわりに矢を一抱え八〇本持っていて、これが重くはないが結構かさばっていた。着替えの服よりかさばる。

また列が止まった。街道のどこかに穴でもあったか。荷車が倒れてしまったのだという。

道は、丘を回避して大きな蛇行をしている。そのせいもあるかもしれない。木々を取り尽くしてはげ山ならぬはげ丘になった丘は、枯れたススキばかりが生えていて、古代の墓が丘の上にぽつんと建って、さらに寂寥《せきりよう》感をだしていた。

「大軍を動かすというのは、大変だなあ」

ガーディは木を削った自作の鏃《やじり》を見ながら、誰に言うでもなく感想を呟《つぶや》いた。

「この程度は大変といいません」

フローリン姫は馬の上で背筋を伸ばしながら言う。前にやりとりがあってから、フローリン姫はガーディと直で話すようになった。これに伴い、よく分からない人から一々人間の常識を教えてくれる世話焼きさんという印象に変わっていた。

人の世話を焼くとき、フローリン姫は密《ひそ》かに幸せそうな気配を漂わせる。

しかしそれは、どうも隠さなければならないようで、フローリン姫は直《す》ぐに冷たく取り繕って、そう、とか。いいわ、そうなさいとか。そういうつっけんどんな言葉になる。

人間のことは良く分からないが、なんでだろうと思うことしきりである。思い返せばシンクロも隠そうとしていた。

「大変ではない、ですか。でも……」

不意にススキが揺れたので、ガーディは反射的に弓を手に取ると弓弦《ゆづる》を端に引っかけてそのまましゃがんだ。体重をかけて弓を曲げないと弓弦を張れない、もう片方の端に引っかけられないのである。

ガーディが弓弦を張り終わって無造作に五、六本の矢を引き抜くのとススキを押しのけて人狼《ワーウルフ》が出てきたのは、同時だった。

「お命頂戴つかまつる！」

だいたいそんな意味の言葉を人狼が言った。人の口と異なり、人狼の大きく裂けた口ではうまく人語が喋《しゃべ》れない。ガーディは冷静に、矢を放って人狼の鼻頭に鏑矢《かぶらや》を撃った。

敵！　と叫ばないでも鏑矢の甲高い音が雄弁に語ってくれる。

フローリン姫がびっくりするより早く、ガーディは二の矢、三の矢を放った。もとより女性用《にょしよう》で弓力は弱めだが、おかげで連射が利いた。人狼《ワーウルフ》の走る速度は人間の二倍と言われるが、近接を許さず全弾を頭に当てている。

ただし、一本も矢は刺さっていない。そもそも鏃《やじり》が尖《とが》っていなかった。ガーディが使ったのは一本目が鏑矢《かぶらや》、二本目以降は紡錘《ぼうすい》形の木鏃《もくぞく》のものである。鋭くはないが重い矢で、近接戦ではその重さと衝撃で敵の突撃を止めた。

人狼が怒りの咆哮《ほうこう》をあげるそばからナロルヴァが斬り込んだ。大きく振りかぶって打ち下ろされた剣は人狼の厚い皮を斬り、一体を引き倒した。

「退《ひ》け！」

奇襲の失敗を悟ったか、人狼が退いた。そのままススキの生える丘の中に飛び込んで逃げ帰っていく。

敵の総数は、一〇ほどしかいなかったろう。一瞬の早業だった。

「フローリン姫、大丈夫ですか」

顔を青くしていたフローリンだが、ガーディに言われて小さく頷《うなず》いた。深呼吸して、冷たく取り繕おうとしている。それが痛々しく見えて、思わず手を握ってしまった。

「大丈夫大丈夫、もう怖くないよ」

「ち、小さい子じゃあるまいし……私は……でもありがとう」

動揺のせいかフローリンの口調が戻っている。微笑《ほほえ》んでいると、横から足音がした。

「う、浮気者ぉ！　何を口説いているか！　敵を追え！」

ナロルヴァが叫んだ。ガーディは首を横に振って、浮気って言葉を使い間違えていますよと注意した。言葉の使い分けにことさらうるさいのがエルフの流儀である。ガーディもその悪癖に首まで浸《つ》かっていた。

「人狼に追いつくのは無理ですよ。それに、敵の伏兵が別にいたらどうするんです」

そう言ったら、ナロルヴァは悔しそうな顔で大股で寄ってきた。剣についた血を懐紙で拭っている。こうしないと、鉄の剣は直《す》ぐに錆《さ》びてしまう。

「敵を追い払ったのは褒めてやる。だが、とんだ食わせ物だな。ガーディ」

「食わせ物、とは」

「虫も殺さぬような顔をして、まんまと姫に取り入ろうとした！」

そんなわけないでしょうと言って横を見たら、フローリン姫がひるんだような顔をしている。それでガーディは、ため息をついた。酷《ひど》く傷ついた気分だった。

「取り入ってどうするんですか」

それだけ言って、矢を拾い集めた。その後は喋《しゃべ》りもしなかった。エルフも人間も、余所《よそ》者《もの》にはつらく当たる。もとより戦争を繰り返す人間社会に期待なぞしていなかったが、ますます幻滅した。

育ての母であるタウリエルの偉さが、今なら分かる。誰がなんと言おうとガーディに優しく、惜しみない愛情もかけてくれた。もっと母に感謝の言葉を述べておけばよかった。

鬱々とすることはまだ続く。倒した人狼《ワーウルフ》の首を切り取って、後方に送っているのを見てしまった。首から切り離さないと亡者《アンデッド》になってまた襲いかかるから、という理屈は知っていても、嫌悪感は残った。エルフだったら魔法の炎で焼いているところだ。一つ嫌になると何でも嫌になるもので、追放された身でなければ里に帰っていたろう。

姫が襲撃を受けたとの報で進軍が止まり、その後は酷《ひど》い渋滞になった。一度止まると再び動くのに随分と時間が掛かる。

結局その日は駅にたどり着かず、野営をすることになった。暗くなってからでは遅いので、明るいうちに野営地が作られ、円形に軍勢が配置される。姫やらナロルヴァの張る陣になじめずに、隅っこで一人鏃《やじり》を作っていたところ、馬に乗ってシンクロが駆けてくるのが見えた。

まっすぐ、こっちに歩いてくる。

「手柄だったな。ガーディよ」

「手柄、ですか」

「奇襲の中誰よりも早く動いて姫に敵を近づけなかったそうではないか。見事、見事」

食わせ物などと言わず、ただ褒めてくれるのがありがたかった。親切、いや立派なオークもいたものである。実家というかエルフの里的には微妙だろうが、今日のことは忘れずオークに感謝したいと思った。

しかし。

「ん？　なんで不思議そうな顔をする？」

シンクロは腰に下げた剣を鳴らしながら尋ねた。二本の鎖で鞘《さや》を吊《つ》っている。

「馬に乗って、まっすぐこちらに来られましたよね。誰に聞いたんですか」

「権能《オーソリテイ》があるだろう」

不思議そうな顔をしたら、シンクロは大笑いした。周囲が驚く大笑いだった。

「そんなことも知らんでお前はイントラシアに降《くだ》ったのか。これを食わせ物などと言うとは、ナロルヴァも、わはは、まだまだ子供だな」

顔を真っ赤にしてナロルヴァが寄ってくるのが見えた。随分と遠くまで声が聞こえたらしい。

「その物知らずぶりも嘘《うそ》かもしれないではないですか！」

「功を粉飾するならまだしも、無知を晒《さら》してどうする」

「もっと言ってやってください」

そう言ったら、ナロルヴァは怒って追いかけてきた。

「じゃれあうのは別の機会にせんか」

シンクロはそう言って、二人の動きを止めた。ガーディとナロルヴァは目が合った。そして同時にそっぽを向いた。

シンクロは苦笑して、わざわざ兜《かぶと》を脱いで頭を掻《か》いた。

「それはさておき、見事な働きだった。褒美は戦いが終わった後にでも出るであろう」

「父上、しかしこいつは敵の首を一つも取っておりませぬ」

ナロルヴァの言葉をシンクロは笑い飛ばした。

「姫を守るのが全てよ。討ち取った敵の数など、問題にもならん。しかし、どこで習った、いや、愚問だったな。エルフと言えば全員が弓の名手と言う。まさかそこで養われていた人間まで名手だったとは思わなかったが」

「いえ、僕は修練をはじめて一〇年ちょっとなので、全然です」

百年練習している連中には、全然かなわない。そう言ったら、笑われた。

「冗談のような話だが、気の長いことよ。いずれにせよ弓などと言う時代遅れの武器にもかかわらずよく戦った。そうそれで権能《オーソリティ》だが」

「はい」

ガーディが身を乗り出すと、シンクロはステイタスウインドウを開いてデータを表示した。エルフの里では古くさいと、とんと使っていない代物《しろもの》だった。

「この欄にアビリティ、というものがあるだろう。これだ」

「煉獄耳《シャープフィヤー》……」

書いてある古代エルフ語を読むとシンクロはにやりと笑った。

「これで、部下の言う言葉は一〇〇刻先でも聞こえてくるというわけだ」

「あ、魔法なんですね」

「違う、権能だと言っているだろう」

横からナロルヴァが言ってきた。

「似たようなものでしょ」

そう言い返したら、とっくみあいの喧嘩《けんか》になりそうになった。こじれた関係は中々直《す》ぐに戻らないものである。

「おやめなさい」

と声をかけたのは、フローリン姫だった。金色の長い髪を振って、鎧姿《よろい》でゆっくりと歩み寄ってくる。と言うよりも、ゆっくりにしか歩けないに違いない。鎧は重いのである。

冬場はともかく夏場などは着たくないに違いない。

ああ、世話焼きさんの顔をしているなと、ガーディが思うそばから肘鉄《ひじてつ》が入る。ナロルヴァだった。

「魔法と権能は違うものです。魔法は長い詠唱が必要ですが、権能はそれを必要としません。魔力を必要ともしないのです」

「凄《すご》い力じゃないですか」

「当たり前だろ」

ナロルヴァが横から突っかかった。さらに偉そうに、言葉を続けた。

「そして、権能《オーソリティ》を鑑定《アイデンティファイ》する権能をお持ちなのが、イントラシアなのだ」


イントラシア家。寒冷化とそれに伴う食糧不足が惑星を覆い、さらにその数百年前から権力闘争をきっかけに中央で戦が続くようになって、いくつもの貴族が戦火を逃れて地方に下って行った。そのうちの一つがイントラシアである。古い名家《エルダーナイン》の一つ、とされる。下った先は沿海州。農地は少なかったが海洋貿易や漁業が盛んであり、結果的にそれがイントラシアを強くした。農業ほど漁業は損害を受けなかったのである。塩《サール》の産地として、大規模な塩田開発をしたのも大きかった。本来塩田はもっと暖かいところで行う事業なのだが、イントラシアは塩田法を改良する賭《かけ》に出て、賭に勝った。塩は金、米と並んで交易品の基礎となった。

エルフの長老が語る知識ではここまでだったが、人間は全然別の認識をしていた。

「ガーディ、よくお聞きなさい」

誰かの世話を焼くとき、フローリン・イントラシアは密《ひそ》かに嬉《うれ》しそうな気配を漂わせる。表情は冷たく、視線は見下すように見えて、そわそわしたり拳を握ったり、聞きたいことはないのか、ちらちらこちらを見たりする。ガーディが口説いていると言われてひるんだ後でも、世話を焼くのはやめられないようだった。

「古い名家はそれぞれが鑑定の権能を持っていました。この力こそが貴族の貴族たる所以《ゆえん》、権力の源泉だったのです。グランドラ王などの成り上がり将家とはそこが違います」

「人の権能を見極める力、ですか」

「はい。鑑定し、ステイタスウインドウに記載されることで、人は初めて権能が使えます」

「凄《すご》い力ですね」

魔法の力でエルフには到底かなわない人間の希望、きっとそんな感じだったに違いない。

説明をしていたフローリン姫は、口元を震えさせてあっちこっちを見ている。手は小刻みに震え、頬《ほお》は赤く、我慢しているかのよう。

凄い力ですね。という一言が、余程嬉しかったらしい。巧妙に隠しているつもりだろうが、誰が見ても分かるくらいの、得意げな様子だった。

この姫、もしかして褒められたいのかな。

そう思って、直《す》ぐに自分の考えを否定した。そんなわけがない。姫君というものは、普通ちやほやされるものである。

とはいえ、得意そうなフローリン姫は幼い感じで中々可愛《かわい》らしい。里の母よりは年上に見えたが。

「だが残念だったな。イントラシアの者に鑑定を頼みたい人間は無数にいる。今からお前がその列に並んでも一生掛かって順番が来るかどうか」

ナロルヴァが意地悪そうに言った。まだまだ怒っているようだった。


食事が終わり細い川にひしめきあって水を飲んだりしているうちに夜が来てしまった。しかしガーディは眠れない。不寝番《ねずばん》である。喧嘩《けんか》をしているとはいえ、ナロルヴァを守らないといけない。ガーディは、それを投げ出すような少年ではなかった。投げ出すなら皆が逃げた時に、自分も逃げている筈《はず》である。

夜風は冷たく、自分の鼻が赤くなっていることを感じる。火を背にして、闇を見る。火を見ながら不寝番はできない。目が闇に慣れていないといけないからである。

ため息一つ。なんでナロルヴァと喧嘩してしまったのか。今では理由も思い出せない。気づけばナロルヴァは怒っていた。ここ数日、仲良くしていたのに残念だ。

ああそうか。そうだ。姫の手を握って喋《しゃべ》っていたので怒りだしたのだ。なんで怒るかなあと思ったが、人間社会は面倒くさいから、それで怒ったのかとようやく理解した。身分が違うのだった。

思えばエルフは等しく人間というか他種族を見下していたが、身分という概念はなかった。等しく見下されるのと、身分が違うと言われるのの、どっちがいいかと考えて、どっちも嫌だなあという結論に達した。

そういうのとは関係ない生き方をしたい。いつになるか分からないが、イントラシアを離れて、身分とか種族とか関係ないところで暮らしたい。

背に火の暖かさを感じる。空を見る。夜空には何千と星が瞬《またた》いていて、これだけは故郷の、タウシノから見るものと同じだった。母が駄々《だだ》をこねて大人を困らせていないといいのだけれど。

それにしても、戦の術《すべ》か。

雪の平原で巻物を背負って歩いていた時から、何度も何度も、それと出会っている。グランドラ王。彼は戦の達人らしい。

フローリン姫が言っていた。成り上がりのグランドラ王などとは違う、と。

言い方を変えればこうだ。グランドラ王は、おそらく権能《オーソリティ》も使っていない。あるいは満足に使えない立場にいる。それでも王を僭称《せんしょう》できるほどには上り詰めることができるというわけだ。

エルフのような魔法も使わず、イントラシアのような権能も使わず、戦の術、おそらくはそれだけで互角以上に戦っているのだ。かつて戦い、これからまた戦う敵だけど、たいした人だという感想を持った。

どんな人だろうと想像する。エルフの長老のような人だろうか、それともシンクロみたいな人だろうか。

夜明けも近くなったので紙で作った吹き矢でナロルヴァを起こした。しどけのない、とろけるような寝顔で昨日の怒りもどこかに引っ込むような、そんな感じで、もう少し寝かしてやろうかとも思ったが、姫が起きてから起きるのでは格好もつかないであろうと考え直したのである。

慌てて起きていつものように喚《わめ》こうとして、ナロルヴァは悔しそうに顔を布で拭いてやってきた。喚いたら姫が起きると気づいたらしかった。

小声で、話しかけられる。

「交代の者は来なかったのか」

「来なかったような気がします。少なくとも話しかけられていません」

そう答えたら、ナロルヴァはひどく恥ずかしそうにした。

「アルゼに言っておいたのだが。分かった。……あの、すまない。今から出立まで、短い間だが寝てくれ」

「何が恥ずかしいんだい？」

「タメ口になっているぞ。まあ、私にならいいが。自分の部下が、アルゼが使えないことが恥ずかしい」

「元から自信なかったから、僕を連れてきたんですよね？」

涙目で睨《にら》まれた。

「……意地悪な男だな。お前は」

「意地悪……なの？」

「タメ口を使うか、使わないのかはっきりしろっ」

どうも泣いたり困ったり怯《おび》えたりしている娘を見ると、母を思い出してぞんざいな口調になってしまうらしい。ガーディは自分の癖に、また一つ気づいた。自分の気づかぬ自分の性癖が、たくさんある。

「ごめん、どうも泣いたり困ったりしている女の子見ると、ぞんざいな口調になるみたい」

「どういう癖だそれは」

「どういう癖なんでしょうね」

母の事は、なんとなく言いそびれた。なぜなら恥ずかしい。ガーディの年頃は、母について気軽に語れないのだった。

ナロルヴァはガーディの顔をじっと見た後、自分の使っていた毛布を顔にぶつけて、良いから寝ろと言った。出立まで二刻となかった。

第四章　部下が増える

Chapter 4

Eventually I seem to be called *great tactician*

この当時、戦いというのはおよそ、要塞を巡って行われた。要塞のない平原で戦うことは、戦いにおいて少数派だった。だから、先に行われた雪の平原の戦いは、少数派の戦いである。

要塞を巡って戦いが頻発する理由は兵の行軍が要塞で止まるからである。要塞はその名の通り、街道上に、それを塞ぐように城が作られていた。

どこの国も、領土を荒らされてはたまらないので、およそ国境に接していくつも要塞を作っていた。これを要塞線と呼ぶ。ここに少数の兵を配置し、敵の侵攻があった際はこれを要塞線で一度止めて、本隊という名前の援軍を待つ。これが、この時代の一般的な作戦構想であった。

住民や将家が自分たちの護《まも》りのために作る城と比べて、要塞は住民保護や地域支配という目的や役目を持たなかった。その分完全に戦闘特化で作られていて、強固だった。

「城と要塞って別のものだったんですね」

フローリン姫の説明にそう感想を述べたら、ため息をつかれた。その割に、内心大層喜んでいたようだった。しょうがないなあ、私が教えてあげよう、という心の声が透けて見えそうである。

よくてフローリン姫とガーディは同い年、ひょっとするとガーディの方が年上だと思うのだが、年齢などとは関係なく、フローリン姫は世話を焼くのが好きそうであった。

親切にすることに、純粋な喜びを感じている。

しかし、それを表に出してはいけないらしい。初めて雪の平原で会った際は、年相応に驚いたりすることもできないようだった。

城の奥でしかおしゃれすることも許されず、そして今は戦場に赴こうとしている。

いい人なのに、思えば可哀想《かわいそう》な人なのだなと、ガーディは気の毒に思った。なんとかしてあげたい、とも思うのだが、正直どうしてやればいいのか、見当もつかない。

エルフの里で教わったことも、この問題には役に立たなさそうである。あるいは自分が人間の里で育っていたら、この可哀想な娘をどうにかできただろうか。いや、それもないかな。

自分が子供だからいい手を思いつかないのだろう。それが一番、しっくりくる推論だった。はやく大人になりたいものである。どうやればなれるのか、誰も教えてくれないけれど。エルフの社会においてはガーディは、一〇〇まで生きても子供で、子供のまま老衰で死ぬことが既定路線だった。だから大人とは何かという説明すら、受けていなかった。

「ガーディはまだ分からないことがあるのですか？」

馬の上からフローリン姫が尋ねてきた。昨日褒められたせいなのか、世話焼きして打ち解けたのか、偉そうな言い方から、随分と優しい言い方に変わってしまっている。

姫の顔は、さあ、どんどん質問しなさいという感じである。なんで姫が戦いに行くのですかと尋ねて良いのかと迷っていたら、同じく乗馬するナロルヴァが声を掛けてきた。

「姫、この者は無知を装って姫に取り入ろうとしているかもしれません。ほら、ガーディ、ついてこい。小納戸《こなんど》役の仕事があるぞ」

そう言って、連れ出されてしまった。

なんの仕事だろうと馬の後ろを歩いているが、ナロルヴァは何も言わない。言わないので、ガーディが先に喋《しゃべ》ることになった。

「僕はフローリン姫に取り入ったりしませんよ」

「そんなこと分かるか。フローリン姫はその、私から見てもとても美しい……し」

ナロルヴァはどこか恥ずかしそうに、いや、悔しそうにそんなことを言う。ガーディにはそれが、よく分からない。

「こんなこと言うのもなんですけど、美しい、ですか」

「不敬だぞ」

じろりと睨《にら》まれてそう言われた。だからこんなことと言ったのにと呟《つぶや》きつつ、冬の重苦しい空を見上げる。

エルフ基準では、フローリン姫は美人とまではいかないというか、普通くらいだった。人間にしては顔が整っているとエルフの長老なら言ったかもしれない。ガーディもそれくらいの認識である。あえて口に出さないだけだった。

「なんで上を見る」

「困ったときは上を見ると良いと母が言っていました。美しいとか美しくないとか、どうでもいいような気がします」

「そうは言うが、人間見た目が重要だぞ。父上は良く言っておられる」

「シンクロさまはオークじゃないですか」

「半《ハーフ》オークだ！」

「半オークでもあれだけ出世しているんだし、やっぱり見た目はあまり重要じゃないんじゃないかなあ」

「そうは言うが現に私は許婚《いいなずけ》の一人も決まっていないんだぞ」

それは重要な告白だったようで、なんの返事も返さなかったら馬に蹴られそうになった。

「少しは反応しろ！」

「許婚なんてどうでもいいじゃないですかと言ったら怒りそうだから黙ってたんです！」

「それは怒るだろう！　……わ、私はもう一四だぞ」

明らかに恥じらっているのだが、何が恥ずかしいのかガーディには見当がつかない。

「一四なんて、エルフだったらまだ赤ん坊くらいです」

「何百年も涼しい顔で生きている乾物もどきの連中と一緒にするな。だいたいお前は人間だろう」

「エルフの里で育てられたんですけどね」

「それは知っている……が」

「何か？」

ナロルヴァは馬から下りて、小さく手招きした。秘密の話があるらしい。

「エルフの元で育ったお前から見てどうなんだ。その……私は。エルフはオークを嫌っていると聞いた」

「僕はシンクロさま好きです」

「父上の事じゃなく！」

「ナロルヴァ殿？　ええと、普通かな」

「適当だな」

「だから、気にしすぎなんですよ。美しいとかどうとか。だからどうしたんですか」

ナロルヴァは睨《にら》んだ後、そっぽを向いて、それから後で何度かガーディを見た。

「本当にそう思うか？」

「人間は忘れっぽい上に疑《うたぐ》り深《ぶか》い」

「お前は人間だろう」

「はいはい。そうでした」

ナロルヴァは大きめの犬歯を見せて笑った後、上機嫌で馬に乗った。ガーディは今こそ質問すべきだと思い定めて、馬の横に立った。

「ところで聞いて良いのか分からないんですが」

「姫ではなく私に聞くのは褒める。いや、激賞する」

「なんでお姫様がわざわざ戦場に出てくるんです？　僕、それが分からなくて」

ナロルヴァは呆《あき》れた顔をしたが、エルフでは仕方ないかと頭を振った。

「戦場に姫がいかねばどうなるか、考えるまでもないと思うが」

「そうなんですか？」

「グランドラ王とて戦いに出向いているはずだぞ」

そっちはなんとなく分かる。グランドラ王その人こそ、戦の術《すべ》の使い手に違いない。いなければすぐ負けてしまうだろう。

でも、フローリン姫はどうかというと、到底戦の術を弄するような、そんな人物には見えなかった。むしろ、内心おろおろとかしそうな感じである。親切に喜びを感じるくらいだ、取り繕った顔の裏では心だって痛めているかもしれない。

「まあ、すぐ分かる。すぐにな」

ナロルヴァはそう言って、面倒くさそうにため息をついた。

昼を越えて駅に着いたあたりから、続々、村人というか、集落の代表といった感じの人々が、ひっきりなしにやってきてはフローリン姫に面会希望を出してきた。

フローリン姫の直接の部下でないガーディも、取り次ぎや整理を手伝わされる羽目になっている。

面会の内容は、すぐに分かった。略奪を防ぐために文書を発給して欲しいという嘆願である。味方であるはずのイントラシア軍による略奪を防ぐため、そういう文書が必要なのだった。これを盾に乱暴をしそうな部隊や軍勢に警告をし、行動を抑止しようという目論《もくろ》見《み》である。

なるほど、これがすぐに分かるというやつか。ガーディは納得した。ここには武勇や戦の術とは全然関係ない戦争の姿があり、それをどうにかしようという人たちがいる。

不意に、荷物で文房具担当と茶道具担当という人がいたのを思い出した。えらく大荷物だなと思ったのだが、この面会量を見れば納得もする。

村の、故郷の命運を担って面会に来た際、神経が張り詰めている時に出された茶の一つで色んな事を考えてしまうのが人情である。だからこそ、十分に、差が出たりしないように茶を出さねばならぬ。

文書を発給するだけでなく、守るための兵も置いて欲しいという町や村もある。これから戦おうと言うときに戦力を割くのはどう考えても良くはないのだが、嘆願を出しているほうは必死も必死の形相であった。

小さい村なら略奪を恐れて山に隠れる手もあるけれど、ある程度大きい村だと、住居を捨てることもままならない。

なるほどなあと、ガーディは案内した人の名前、住所、用向きを書きつけながら納得した。姫が出てくる理由、それは戦争に伴う行政の長としての役割、役目がたくさんあるからであった。こういう時、偉い人が出てくるのと出てこないのでは、安心感が違う。

後方のイグノゴンド城では、保護を求める村の代表がたどり着くまで時間がかかる。そして時間がかかりすぎれば、被害を減らすために敵に進んで寝返る村や町も出る、ということだ。これを減らすにはフローリン姫が前に出るしかない。

一つ納得して、また一つ謎ができる。

あれ、でも後詰《ごづめ》で入った雪の平原の戦いまでフローリン姫がいたのはなぜだろう。

面会手続きが終わって書き付けを渡すと、ようやく手が空いた。ナロルヴァはフローリン姫の横に立っての警護任務である。必然話し相手もなく、ガーディは手持ち無沙汰になってしまった。

仕方ないので弓の道具である弓弦《ゆづる》を編んだり、鏃《やじり》を作ったりする。手先は忙しいが頭は暇なので考え事をする。

考えるのは当然、これから起きる戦いだった。イントラシアは勝てるのだろうか。なにせ、敵は戦巧者、グランドラ王である。どんな戦の術《すべ》で来るか分からない。ガーディの立場からすれば、今のところ、全部してやられているという状況である。雪の平原では戦う前に敗走させられ、この戦いでは裏をかかれて慌てて出撃である。

これからさらにしてやられる可能性は、十分すぎるほどある。

ろくでもない想像だが、今度負けたらエルフの里はどうにも大変な事になるだろう。今度は勝って欲しいと願うほかない。何か行動できないか、とも思うのだが、自分ができることは少なすぎた。

敵が襲ってきたら弓で追い払うくらいだ。

そう思っていたら、突然人がやってきた。遠くから来たようには見えない、手ぶらのいい歳《とし》の女性《にょしょう》である。エルフの里では見る事ができない顔がしわくちゃの老婆だった。

「助けてください」

「ええと、何を、ですか、面会でしたら、お名前とご住所を」

「いいから助けてください！」

ガーディよりよほど強い力で腕を引っ張る。連れて行こうというのだろう、うっかりそのままついて行ったら、飯屋があった。外では徒《かち》の兵たちが長い鑓《やり》をもって当惑した顔をしている。老婆はこの店の主人だった。

「兵士じゃ話にならんのです」

老婆はガーディの背を押して言った。兵士でどうにもならないものを、小納戸《こなんど》役の自分がどうにかできるとは思えなかったが、強い力に押されて店の中に入ってしまった。

薄暗い飯屋の中はほのかに酒の匂いがした。目が暗さに慣れると、大きな酒杯の中で、暴れている羽妖精《ピクシー》がいる。文字通りに酒に溺れて、奇声をあげていた。

「えっと、ピクシーがどうかしましたか」

「見ての通り、暴れて手が付けられないんですじゃ！」

老婆はナロルヴァ並の力でガーディの身体《からだ》を揺さぶった。正直、素手なら老婆の方が強そうだし、それでなくてもピクシーなんて、大きくても半尺（15㎝）もない。指でつまんで追い出せる程度である。

そう言ったら、老婆も、周囲の兵も、心底嫌そうな顔をした。

「いや、それは……」

という返事である。

「ピクシーは毒なんて持ってませんよ。いたずらするくらいで」

「そのいたずらがおそろしいのです！」

老婆と兵士たちは口々に言った。古来ピクシーと言えば幸運の象徴として人間にも親しみ深い隣人のはずだったが、この頃は大層嫌われはじめている。

「店の物は勝手に食べる、銀貨を木の葉に変えてしまう、馬を暴れさせる、力に訴えれば呪《のろ》われる。もうどうしたらよいか……」

「でも幸運も運んできますし」

「そんな大昔の話をされましても！　いいから引き取ってください！」

それで、酒臭い、あるいは酒浸しのピクシーと一緒に追い出されてしまった。ぺちっと叩《たた》いてぽいっと追い出せばいいだけなのに、どうも人間はそれを怖《おそ》れてやっていないようであった。

「迷信だなあ」

思わず呟《つぶや》いてしまった。

とはいえ人型だし、エルフ語も喋《しゃべ》れるので、子供がピクシーを戯《たわむ》れに殺したりしないよう、エルフの親は子供にピクシーをいじめたら呪われるよと教えるものである。ガーディも一〇歳くらいまではそう母に教わっていた。今はもちろん、それが子供向けの嘘《うそ》であるのを知っている。しかし人間は、エルフがどうかすると千年位前に教えたであろうそのままに、ピクシーと付き合っていたようだった。

意外にエルフの影響って、今の人間社会にも残っているな。

そう考えながら、陣に戻った。まだ暴れているピクシーを、はいはいそうですねとあやして、洗濯物と一緒に干した。

日も暮れるかという段になって、ようやくナロルヴァが戻ってきた。

「何か酒臭いぞ」

「あ、干してたんでした」

それでピクシーを持ってきた。若干しおれていたのでお湯をかけて戻した。

「ぞ、ぞんざいな扱いだな。ピクシーだぞ」

「ええ、まあ、ピクシーですけど」

ふやけて復活したピクシーは、なんてことするんだいバカヤローと、くるくる回りながら言った。ピクシーは王とその候補だけが男で、あとは娘ばかりである。文句を言うピクシーも、娘だった。そもそもピクシーの男は、長く生きられぬ。

「呪《のろ》うよ！　呪っちゃうよ！」

ピクシーはそんなことを言う。

はいはいと答えて、ガーディはエルフ語に切り替えた。

「そんなこと言ってると、佃煮《つくだに》にするからね」

「ぎゃー！　なんと美しいエルフ語！　もしかしてエルフの旦那？　あれ、でも耳短いよね。はっ。まさかのエルフの養嗣子！　へへー」

ピクシーという生き物は、権威に弱い。特にエルフにはちっとも頭があがらない。話によるとかつてエルフに退治されて佃煮にされたからという。エルフはそんなことしないと長老は言うが、ピクシーは心からそれを信じていてエルフもそれを利用することがあった。

「あんまり人間をからかっちゃだめだよ」

「からかってません！」

土下座ならぬ空下座からピクシーは顔をあげて抗議しはじめた。涙目である。

「それがもう、語るも涙、聞くも涙の話で、ピクシー族はここに来て滅亡寸前なんです」

「えー。でもピクシーといえば一匹いたら一〇〇匹疑う生き物でしょ」

「ピクシー数えるなら匹じゃなくて羽と言って！」

「あー、うんうん。それで」

「最近人間が冷たいんです。みんな戦乱の世が悪いんです。心に余裕がなくなると、最初に虐《しいた》げられるのは一番弱いピクシーなんですよ！」

「言うほどピクシーは弱くもないと思うけど」

とはいえ、そういうところもあるかもしれない。猫とピクシーの分け前というのがあって、冬になるとちょっと食べ物を外に置いておく風習があるのだが、この地に来てそれが全然ない事には気づいていた。

「仕方ないなあ。もうあの店でいたずらしたらだめだよ。はい。説教終わり。自由にしていいよ」

「お待ちください！」

またも土下座ならぬ空下座して、ピクシーは言った。飛んでいるせいかお尻が左右に振れているので真面目《まじめ》そうに見えないのがピクシーの弱点である。

「何？」

「このまま気楽なはぐれピクシーをしていても、末は渇き死んで干物になる運命です。だから、どうか私、メイを雇ってくれないでしょうか」

「ピクシーを雇うなんて聞いたことないよ」

「変革の時が来てるんです！　これからはピクシーといえど頻発するイシューに対して最適なソリューションを提供する必要があるんです！」

「まーた変なこと言い出して」

「やめてー！　旦那ほどカモ……いや優しくて綺麗《きれい》なエルフ語使える人知らないし！　私よりエルフ語下手《へた》な人に仕えたくないー！」

涙どころか鼻水まで出してそう言うので、うっかり許してしまった。ピクシーに優しくすると身代潰すと母に口酸っぱく言われていたのだが、情にほだされた。

「ありがと旦那ー！　なんでもお返しするからベッドの中までお願いします！」

「寝床くださいって言おうよそこは」

ため息をついてナロルヴァを見たら、目の色を変えてびっくりしている。

「あの、なにか」

「手をつけられないピクシーを、手なづけるなんて」

「いや、ピクシーを手なづけるなんて無理だと思いますよ」

「そうそう、そもそも私は家来だし」

さっそくガーディの頭の上に乗って偉そうにメイが言うので、ガーディは手でぺちっと叩《たた》いた。ナロルヴァが、あっ、と言った。

「の、呪《のろ》われるぞ」

「呪われません」

ステイタスウインドウを開いて、ガーディは自分のデータを見せた。

「ほら、呪いはないし、三だけだけど、幸運が上がってるでしょ」

「ピクシーは幸運を運んでくるんです！」

メイが得意げな顔で言うので、ガーディはまたぺちっと叩いた。

「ということで大丈夫です。そう言えば食事は大丈夫ですか」

「まだ食べてない」

「じゃあ食べましょう」

わーいと喜んで頭の上で踊るメイをぺちっと叩き、ガーディは食事の支度をした。

それで、翌日になったら、ピクシーが一二匹に増えていた。

「できちゃった」

服の肩紐《かたひも》を外してそんなことを言うメイをぺちっと叩《たた》き、続いて残りの一一匹もぺちっと叩いた。

全部のピクシーが土下座ならぬ空下座することになった。

「ちょっとはぐれピクシーの会合で自慢したら、私も私もと増えまして……」

お母さんが言ってた通りだなー、とガーディは思ったが、よく見ればピクシーたちはピクシーらしからぬやせっぽちで一部は怪我《けが》までしている。ピクシーといえば馬車に踏まれてもぺしゃんこになる程度ですぐに復活する丈夫な種族なのに、なんでこんなことになっているのかとガーディは顔を曇らせた。

「僕もあんまりお金持ってるわけじゃないんだから、これ以上は家来にできないからね」

ピクシーたちが喜んだのはいうまでもない。

出世もしないうちから部下ができて、さらに猫と同程度に役に立たないとされるピクシーたちを従えていたものだから、すぐにフローリン姫がやってきた。世話を焼きに来た、ともいう。

「ガーディ、なんですかこれは」

「実は昨日……」

それで事と次第を話したのだが、フローリン姫は険しい顔を崩さなかった。姫の顔真似《かおまね》をするピクシーの頭をぺちっと叩いて、教育するので許してくださいと言った。

「ピクシーに構うと身代を潰すといいます」

「母からも言われた覚えがあります。でも、皆弱ってて」

フローリン姫は薄目で可愛《かわい》らしく懇願のポーズを取っているピクシーたちを見て、金色の長い髪を振った。

「私の直接の部下ではないのですから言うことはありませんが、そういう家来を増やすのなら、まず活躍をなさい。活躍すれば知行が増え、それでようやく、家来を養うこともできるでしょう」

知行とは、支配地である。多くの武人は知行地を渡され、それを経営して収益を得ていた。ただ、イントラシア家の場合土地が少ない沿海州なので、知行とはそのまま給与を意味した。知行を金貨に換算して、年一回、塩《サール》で支払うのである。

今でいうサラリーマンの語源である。

「分かりました。活躍するようにします」

ガーディが気張って宣言すると、フローリン姫はピクシーたちを見た後、急に顔を赤くした。痩せていたり怪我したりしているのを見て、世話焼きさんの血が騒いだのであろう。

「そういえば助けられた礼を忘れていました。とりあえず、少し食料を渡します。大事にしなさい」

忘れたというのは嘘《うそ》で、あとで褒美があるぞとシンクロさまは言っていた。その上で塩《サール》や金貨ではなく食料現物だったのは、戦地ゆえ買い物ができるような状況でなかったからだろう。つくづく優しい人だなと、ガーディは頭を下げて、そう思った。

ともあれ、活躍である。

行軍中の休憩、というよりも前がつっかえて休む間に、ピクシーたちを集めて会議を行った。

「みんなのご飯を得るために、活躍しよう」

ピクシーたちの返事ははーいと可愛《かわい》いが、とはいえ、ピクシーでどう稼ぐかは大変に難しい話であった。何せ、猫と同程度とされる種族である。猫の方が鼠《ねずみ》を捕る分、まだ使えるという説もある。ピクシーの活躍や自給自足など、古来数千年人もエルフもできてない。

ピクシーとガーディが環《わ》になって腕を組んでいると、もうっ、とか言ってフローリン姫がやってきた。

「小さいことでもいいから活躍しなさい」

それだけ言って帰って行く。世話焼きもあそこまでいくとかわいいと思うが、うまく隠せていないのが気になった。大丈夫なのだろうか。

「メイ、おまえたちは何ができる?」

「飛べます！　踊れます！」

「あと忘れっぽいです」

「いたずらなら任せてください」

それぞれできることを挙げるピクシーたちに、ガーディはそうだよねーと答えたあと、よし、僕が二倍働こうと考えた。考えるより働いた方が早いと判断したともいう。先人が数千年かけてできなかったことが会議一回でどうにかなるわけもない。


軍勢は進み、三駅を越えた。天気は相変わらず悪く、ついには雪までちらつきだした。雪の平原から遅れること六〇日、というところ。五駅目の先にある要塞線で戦いが起きているという。掛かった日数は四日。最初の日は一駅を越えられなかったが、その後は一日一駅という感じで移動できている。途中休憩の頻度もどんどん減っているから、おそらく時とともに渋滞が解消されているのだろう。部隊と部隊の間が、自然と広がっていっているに違いない。

明後日《あさって》には戦いかと思うと、気が引き締まる。なにせ敵は、相手はグランドラ王である。

「シンクロさまは、グランドラ王とどう戦うんでしょうか」

隣を馬で行くナロルヴァに尋ねて見る。ナロルヴァは少し考えて、兜《かぶと》を取った。寒さで身震いしている。

「父上は強いお方だ、心配しないでよい。過去数度グランドラ王とも戦っている」

「あ、そうだったんですね。前にグランドラ王と戦った時はどうだったんでしょう」

「父上が勝った、おじいさまが生きておられた頃だから、もう一〇年ほど前になる」

「おじいさまって、オークの？」

「そちらはおばあさまだ」

逆だったのかと、ガーディは目を見開いたが、言うのも失礼なので何も言わなかった。それに今気になるのは、別の事だ。

「どんな勝ち方をされたんでしょう」

「戦いのことを気にするのはいいことだ。ピクシーでも家来ができると、稼ごうという気になるんだな。それで戦いなのだが、かつての時もグランドラ王は寡兵で攻めてきた」

グランドラ王は少数の兵で攻める、ということに抵抗のない人らしい。不思議な話である。攻める側は攻める時を選べるのだから、敵より多くの兵を集めた後に攻めるものではないのだろうか。

疑問をぶつけてみたら、ナロルヴァは頷《うなず》いた。

「確かにそうだな。事情を知らなければそう思うのもおかしくはない。ところがグランドラ王には攻めなければいけない事情があったのだ」

「なんでしょう」

「イントラシアが向こうに……グランドラ王の領土に……攻め入るつもりだった。どうせ戦いになるのならと、自国を戦場にするのを嫌ってグランドラ王は打って出たのだ」

なるほど、そういう考えもあるのかとガーディは感嘆した。グランドラ王は民のことも考えて動いていたわけだ。

「でも要塞線あるんですよね」

「グランドラ王は要塞攻めの名人でな。この時は二日と掛からず要塞の一つが落ちて、それで海沿いの街道上で合戦する羽目になった。今日昼にも戦場の跡地を通ることになるだろう」

「なるほど、この地域まで進出を許した、と。え、待ってください。また同じ事になるのでは？」

「イントラシアをバカにしているのか、ガーディ。いや、戦いを知らぬのだから仕方ないのかな」

ナロルヴァはそう言って、足先で軽く、ガーディの背に触れた。その顔は笑っている。

「安心せよ。要塞の数を増やし、この付近で言えば二重要塞線を張っている。いくらグランドラ王が要塞攻めの名人でも、二つ連続では時間がかかる。要塞と要塞の距離も近いから、間を抜けていくことも不可能だ」

それに、と、ナロルヴァは微笑《ほほえ》んだ。

「連絡によれば、今朝の段階で父上たちの先発隊が要塞線までたどり着いた。もう味方は要塞の包囲を解くように動いているはずだ。もう敵に勝ち目はない」

そうだろうか、と思いながらガーディは頭を働かせる。ナロルヴァは言葉を続けた。

「敵は諦めきれないらしく、まだ戦いを続けているが、まあ時間の問題だろう。……どうした？」

「ものすごく嫌な予感がします」

「私が守ってやる。姫のついでだ」

ナロルヴァはどこか嬉《うれ》しそうに言う。そんな問題ではないと言おうとして、これ以上食い下がればシンクロの力量を疑う事にもなりかねないとガーディは黙った。ナロルヴァは父に褒められたと喜んでいたから、そういうことになったら気分を害するだろう。数日前に喧嘩《けんか》して、また喧嘩したくなかった。彼女が怒ると悲しそうに見えるからいけない。

とはいえ、嫌な予感は止《や》む気配がない。グランドラ王に負けたことがあるせいかもしれないけれど、すぐにも敵の軍勢が出てきそうで冷や汗がでた。

落ち着いて考えよう。

グランドラ王が戦の術《すべ》を駆使して今度も勝とうとするのは確実だ。ただ負ける、と言う事もない。

今度は前と違って十分な準備をして戦いを挑んできたに違いないからだ。

だから何かを仕掛けるとして、何をするか。まあ、フローリン姫をやっつけるのが一番だろう。他にもあるかもしれないが、そっちは気にしない、というか、想像もできないから考えないことにする。この前の人狼《ワーウルフ》による襲撃、あれのもっと大規模なものがある、という場合に限って考えよう。

自分の命、ナロルヴァの命、最後にフローリン姫の命、このあたりを守りたい。全体が勝つためにどうするかとかは、自分では多分、どうしようもない。正直、三人守れるかも怪しいが。やるしかない。

どうやれば守れるだろう。襲いかかる軍勢とグランドラ王の戦の術から、自分と、ピクシー一二匹だけで。

頭が痛くなりそうな気分になりながら、どんな手で襲いかかるかなと考えた。銃だろうか。あれを持った数百人が襲いかかってきたら、まあ死ぬ。青銅騎士団の騎士たちのようになる。

でも銃は、匂いがする。火薬の匂いは、遠くからでも分かる。それに火縄を使うから、煙も立つ。横に並べて撃たなければ意味も薄い。以上から奇襲は難しい。銃はないか。じゃあなんだ。鑓兵《やりへい》の突撃だろうか。それならなんとかなるかもしれない。弓で一〇人くらいは倒せるだろう。人狼相手でなければ三倍くらいはエルフとしては水準以下の自分の腕でもどうにかなる。

でもグランドラ王は、そんなことしないかな。攻めるなら、徹底した攻めを見せるだろう。鑓《やり》では確実に殺せる、とまでは言えない。

そういう意味で、人狼《ワーウルフ》の攻撃はいかにも中途半端だった。警戒されるだけ損という。

そう、損だ。人間至上主義者のグランドラ王が人狼を使うのだろうかという話もある。じゃあなんだろう。いや、時間がない。攻めるなら今日明日、多分今日。明日だとこっちが味方に合流する可能性が出てくる。そうなれば敵が攻撃する機会は失われるはずだった。


猟兵。

降ってくる雪に、不意に答えにたどり着いた気がした。雪の平原での戦いを思い出す。猟師の少年とシリスランネの命を奪った、あれ。あれなら少数の兵でフローリン姫を仕留める事だってできるかもしれない。

猟兵。銃を使う猟師を兵に転用したもの。野生動物は匂いに敏感だ。火薬の匂いだって簡単に気づく。それでも狩りの道具になりえるのは、当然、対処法があるからだ。

匂い対策で風下に立つのだろう。

海のある地には海風があるとエルフの長老が言っていた。昼は海から風が吹いて、夜は陸から海に風が吹く。となると、今は午前中だから山は風下、猟兵が隠れるとすればぴったりだ。

雪が本格的に降れば狙いは付けにくくなる、となれば、今、今が一番危ない。

大きく真っ白な息を吐いて、額の汗を拭う。歩きながらピクシーのメイを呼んだ。

「お待たせしましたじゃんじゃかじゃーん」

「メイたちに仕事があります」

「ピクシーを仕事に使うなんて勇気あるね！」

「結構緊急なんだ。まあ、半分くらいが任務を忘れるとして、二羽一組ならなんとかならない？」

「その計算なら三分の一くらいかなあ」

「じゃあ三羽で一組だ。四組で周囲六〇常《じょう》（２１６ｍ）見回りして、銃を持ってこっちを狙っている猟師がいたら全速で僕のところに報告する。できる？」

「メイ、頑張ります！　これからのピクシーはアジャイルに結果にコミットしないといけないんです！」

「よく分からないけど頼む」

ナロルヴァのところに走る。ナロルヴァは姫の横を馬で歩きながら会話をしていた。

「ナロルヴァ殿、敵の猟兵が近くにいるかもしれません」

「随分具体的な心配だな？」

ナロルヴァが怪訝《けげん》な顔をする間にメイが速度を出しすぎたーと上空を通過していった。

「伏せて！」

動くのが早かったのは、意外や意外、フローリン姫の方だった。周囲からあれこれ指図されることが多いせいで、素直に何も考えずに身体《からだ》が動いたのかもしれない。弾丸が金の兜《かぶと》飾りを撃ち抜いて、兜を飛ばした。二弾、三弾目は馬に当たったようだった。

フローリン姫の馬が暴れて後脚で立ちあがり、滅茶苦茶《めちゃくちゃ》に走り出した。前を歩く味方を踏み潰し、押し倒し、自身も横倒しになる。その前にフローリン姫が落馬してとっさに抱き留められたのは運が良かったとしか言いようがない。

「ピクシー一二匹も雇っていると違うな」

抱き留めたというより押しつぶされた格好で、思わずガーディはつぶやいた。直撃はしていないとはいえ、兜を撃たれて頭が揺れて、フローリン姫は気を失っている。

喚声と、怒号。

人が多くて何が起きているか分からないが、多分攻められている。猟兵が沢山いるのか、別に鑓兵《やりへい》もいるのかは分からない。

やられた、またやられた。

そう呟《つぶや》きながら、姫を抱き上げようとして重さに腰が抜けそうになる。鎧《よろい》が重い、いや、重すぎる。こんなものよく身につけていられるものだ。

ナロルヴァを呼ぶ。馬上の人であるナロルヴァは馬を操るのに苦労している。

一瞬が、長い。長く感じる。

「姫は！」

ナロルヴァは馬を乗り捨てて走ってきた。

「大丈夫です。怪我《けが》は見た感じないですが気絶しています」

いっそ鎧を脱がせるかと考えて、どこがどうなっているのか分からず断念した。鎧を着たことがなかったのだった。着方が分からなければ、脱がせ方も分からないのである。

「どう考えても敵は姫を狙っています。それも、絶対確実に仕留めにきているでしょう」

「お前の言うとおりだったな」

ナロルヴァは自嘲気味に言った。どこか笑っている。ナロルヴァの腕を、握った。

「死ぬ気じゃないでしょうね」

ナロルヴァの顔が、激変した。ガーディを睨《にら》んだ。

「死んで詫《わ》びる以外に何ができる！」

「寿命短い人間が死に急いでどうするんですか！」

「お前だって人間だろ！」

「だから言ってるんです！　馬回収して姫連れて逃げてくださいよ！」

「逃げ切れるか！」

「敵は、馬を連れて奇襲はしてきてないと思います。隠れたり伏せたりするんだから、馬は邪魔です」

ガーディが、言うと、ナロルヴァはようやく落ち着いた。

「分かった。お前馬に乗れるか」

「エルフの妖精馬ならいくらかは。普通の馬とあんまり変わらないような気がします」

アルゼというナロルヴァの部下の一人がナロルヴァが乗り捨てた馬を回収して走って戻ってきた。

「ガーディ、先に乗って姫を引き上げろ」

言われた通りにやったら、馬の尻を叩《たた》かれて、馬が走り出してしまった。

「ナロルヴァ殿はどうするんですか！」

「時間を稼ぐ！」

「そっちは僕が！」

「鎧《よろい》を着けた二人では荷が勝つだろ」

遠ざかる中で、ナロルヴァがそう言ったのが聞こえたのが最後だった。

銃声がして地面に小さな穴が開いた。姫をこれ見よがしに連れて走ったほうが、まだナロルヴァが生き残る可能性があると考えて、ガーディは気を失ったままの姫に覆《おお》い被《かぶ》さるようにして馬の手綱を取った。今はナロルヴァの無事を祈るしかない。

第五章　目覚める権能
Chapter 5　Eventually I seem to be called *great tactician*

負けた、また負けたと呟《つぶや》きながら走る。敵は後ろから盛んに撃ってきている。撃ってきているということは、こっちに姫がいることに気づいている様子だ。あとは敵が、今の戦いを無駄と思ってくれるか、どうか。

祈りながら街道をはずれ、海の方へ。しばらく馬を走らせて、速度を落とす。馬も人間も同じ生き物、いつまでも全力で走ることなどできない。疲れ切る前に速度を落とし、歩きながら休ませてまた、いざという時の速度を稼がねばならぬ。

前線、というか要塞線から離れるように移動している。このまま三日でイグノゴンド城まで戻れるが、そうするべきかどうか悩ましいところだった。敵とてそれを考えているに違いない。まして、グランドラ王ならば。

「さすがは戦巧者というか、なんというか」

今度もやられた、あったことも姿を見たこともないのに、グランドラ王が嫌いになってしまいそうだった。

いや、嘘《うそ》だな。

自分の心に問い直して、ガーディは苦笑いという表情を浮かべた。正直な気持ちは、グランドラ王を称賛している。すごい人だ。師として憧れすらする。

一方で、ナロルヴァが死んだり酷《ひど》い目にあったら許さない、とも思う。どちらの気持ちも、嘘《うそ》ではなかった。

それにしても、あの王から逃げてばかりだな。逃げるというか、敗走か。

まったく名誉な話ではないが、一つの季節の間に同じ相手から二度敗走させられたというのは記録的な負けっぷりのような気がする。

思わず、苦笑が出てしまった。まあ、前の負けの時は何も分からずに逃げた。今度は直前ではあるが、敵の動きに気づいて負けた。進歩はしている。

次があるなら、もう少しうまくやりたいものだ。身分も経歴も違いすぎる間柄だけど、なんというかグランドラ王とは戦ってみたい。それも戦の術《すべ》を競う形で戦ってみたい。

今のところ他から見れば鼻で笑われるような話ではあるが、本心だった。

エルフの里を出て、エルフの長老みたいな人に会うとは思わなかった。方向性は違うけど、尊敬する。そう、尊敬だ。エルフの長老みたいになるには数千年かかるかもしれないけれど、グランドラ王みたいになるのなら、僕にもできるかもしれない。

後にイントラシアの大軍師と呼ばれる少年の師は、敵であるグランドラ王であった。ガーディは続く敗戦の中で、戦の術を磨いていった。

よし、頑張ろう。

　でもまずは、生き延びなければ。

「ガーディ、何を笑っているのですか」

「フローリン姫、気がつきましたか」

　長いまつげを揺らして、フローリン姫は頷《うなず》いた。しかしまだ、頭はぼうっとしているようだった。取り繕った言い方ではなく、本来の優しい言い方になってしまっている。

「ええ。それで、何を笑っているのでしょう」

「一季節に二回同じ相手に負けた自分を笑っていました。それより、身体《からだ》の方はどうですか。それと、落ち着いて聞いてください。今味方とはぐれています」

「はい」

「落ち着いているんですね。僕、さっきから変な動悸《どうき》が止まりません」

「半分くらいは夢の中でしたが、外の様子はなんとなく分かりました。死んだ、と思っていたのですが」

　淡々とそんなことを言う。凄《すご》い胆力だな、と思うが、現実感がないだけかもしれない。

　敵がいないか周囲を見回していると、フローリン姫が身を起こそうと暴れ出して、びっくりした。

「大丈夫ですか」

「このようなはしたない格好を続けているわけにもいきません」

「そうかもしれませんがもう少し待ってください。一度馬から下りてからでないと無理ですよ」

「では馬から下ろしてください」

「まだ敵がいるかもしれないんです。いい子だから、落ち着いて」

「お尻を向けて落ち着いていられますか」

「鎧《よろい》を着てるんだから大丈夫ですよ」

フローリン姫をあやしつつ、人気《ひとけ》のない海岸を行く。海の水を吸った黒い砂浜は馬の足に負担を掛けそう。耳を澄ませば押し寄せる波の音ばかり、見渡せば松の木が数本立っている。緩やかな弧を描く砂浜は、途中から岩場になっている様子だった。

他の伏兵を恐れて街道から外れたが、それが良いことなのか悪い事なのかも分からない。自分には色々足りない、エルフの里の出だからか。それも違うか。

「あの」

「もう少しだけ待ってください」

海から敵が来ることはない。見晴らしはいいから敵の姿は遠くからでも分かるだろう。裏返せば射撃の的にもなりやすいが、銃は五〇常《じょう》（一八〇ｍ）も離れればまず当たらない。松の木からもう少し離れれば、一度馬から下りても再度逃げるだけの余裕ができるはずだった。

「せめて上から布かなにかをかぶせてください」

　フローリン姫は羞恥に顔を赤らめている。

「そんな布もないんです。大丈夫、もう下りれますよ」

　慌てて下りようとするので、慌てて助けた。鎧を着て落馬のような形になれば、怪我《けが》することは疑いない。

　どうにか下ろして、息を吐いた。

「鎧、重いですか」

「脱げと言っているのであれば、自害します」

「重いですかと言っているだけです」

　酷《ひど》いことをするような人間に見えたのだろうか。だとすれば心外だが、警戒するのは分からないでもない。

「重いのは認めます」

　ただし文句は許さないという顔でフローリン姫は言う。ガーディは頷《うなず》いて、自分が徒《かち》になり、フローリン姫を馬に乗せた。

「馬上の方が見渡せるので、常に周囲を警戒してください」

「私が物見をするのですか」

　つんとしていたフローリン姫はにわかに慌てた。

「鎧姿《よろい》では歩けないでしょう」

「ふ、二人で乗ることを特にさし許すと言ったらどうでしょうか」

「馬の負担をなるべく減らしたいのです。周囲を見るのに、何か問題でも？」

「姫たるものまっすぐ前を見て歩くことと言われて育ちました」

「緊急事態なんです」

「自信がないと言っているのです」

「だから、緊急事態なんですって」

慰めたつもりでそう言ったのだが、フローリン姫はなんでそんな酷《ひど》いことを言うのですかという顔でこちらを見ている。

「いいから僕の方を見ないで周囲を見てください。僕もなるべく周りに目を向けますから」

フローリン姫は長い髪を揺らすと分かりましたと呟《つぶや》いた。顔は言葉ほど納得していない。

そんな顔をされてもという気分になりつつ、まあでも恐怖で身動きが取れないとか、そういうのよりはずっといいよなと思い直した。思っていたより、ずっと落ち着いているし、ついでにいえばおてんばな娘に見える。これまでも戦場に出ていたようだし、当然と言えば当然か。戦争に行くのはあまり感心はしないけれど。

「とりあえず、行き先を決めないといけません。味方のところにたどり着かないと。要塞線の方、即《すなわ》ち前線に向かうか、後方のイグノゴンド城へ向かうかです」

フローリン姫は陸風を迷惑そうに受けている。金色の長い髪が踊る、踊る。

「ガーディの意見は？」

「迷っています。どちらも一長一短があります。そしてどちらにせよ、敵はフローリン姫を探していると思います。勿論《もちろん》味方も」

楽な状況にはならないでしょうと言いかけてやめた。この状況で楽観できる人もいないだろう。フローリン姫は髪を手で押さえながら考える様子。

「私を探すためにシンクロが兵を下げる可能性がありますね」

一応、考えつつも周囲はちゃんと見ようと努力している。

「いずれにせよ、急いで味方のもとへ行かなければ、総大将不在で総崩れになるでしょう」

ガーディが言うと、フローリン姫は籠手《こて》を脱いで下に落とした。現れた細い指で、金色の長い髪をまとめて大きな一つ編みにする。余程煩《わずら》わしかったらしい。

「不格好ですが、これぐらいは許されるでしょう。分かりました。前線に向かいましょう。敵の裏をかけるはず」

どこかしてやったりという顔で、そんなことを言う。

「僕も前線の方がいいと思います。敵の裏をかけるかどうか分かりませんけど、味方が近いのは確かです」

「結構。では後は任せます」

「いや、それで全部終わった気にならないでください。敵を避けながら移動しないといけないんですから」

「分かっています」

フローリン姫はまとまった髪をいじりながらそう言った。顔は言葉ほど納得していない。

「僕にそんな顔しても事態は良くなりませんよ」

ちょっとむっとして返したら、フローリン姫は涼しい顔をした。

「姫にそんなことを言うなんて、シンクロやナロルヴァは普段から何を言っているんでしょう」

「何も言ってませんよ」

「じゃあ、無礼なのは生まれつきなのですね」

「すみませんね。僕エルフの里の出なんで、人間の身分制度なんて毛ほども気にならないんです」

二人で睨《にら》み合った。そして、同時に二人で笑った。フローリン姫は籠手《こて》と一緒に偉そうな言い方も脱ぎ捨てたらしい。

「ガーディは、もっとおろおろしていると思った」

言葉遣いが最初に会ったときと同じになっている。気を許してくれたのか、それとも気が抜けたのか。

「お姫様こそ。ともあれ前線に向かうためにどう移動するか考えないといけません」

「そうよね」

籠手を拾って渡そうとしたら、首を振って断られた。

「それは捨てておいて。馬の負担を減らす必要がある、そうでしょ？」

「そうなんですけど。人間としては高価なものじゃないんですか？」

「あら、エルフは鎧《よろい》に価値を見いださないの？」

「普通は常時発動型の防御魔法を使いますね」

「魔法では疲労が激しいと思うけど。でも、鉄が使えないとそうなるのね」

「僕は鉄使えます。身体《からだ》の中に魔力が全然ないので」

「つまり、この局面を魔法では切り抜けられない……と」

フローリン姫はさして残念でもなさそうにそう言うと、目を細めた。喜んでいるような顔には見えない。遠くを見る顔である。

「銃を持った徒《かち》の兵が近づいてきます。二人です」

また喋《しゃべ》り方が丁寧になった。ぞんざいな喋り方をしている方がいいなあとガーディは思った。何故《なぜ》かはわからないけれど。

「格好はばらばらですか」

「はい」

「それは敵ですね。敵の猟兵です。馬の上に乗っても？」

「逃げるのですか？」

「いいえ、高いところの方が弓の射程が伸びるので」

「私は下りたほうがいいですか？」

「いいえ」

ガーディは軽く馬に飛び乗ると、馬の上に立ち上がり、そのまま馬にエルフ語でじっとしててねと話しかけると砂浜に足跡を付けながら歩いてくる敵から、随分外れたところに狙いを付けた。それも斜め上にである。

矢を放つ。風の影響で曲がる矢は兵の一人の頭に当たって昏倒《こんとう》させた。

もう一本でもう一人を打ち倒し、ガーディは馬から飛び下りた。

「さあ行きましょう」

「……魔法、使えるのでしょう？」

「使えませんし、僕はエルフの中では水準に届いていません」

ガーディとて毎日必死に練習したが一〇〇年どころか二〇〇年ほど弓の修行を続けているエルフの若者たちには、かなわない。それに、もし弓の腕がエルフの水準に達していたら、あの雪の平原の戦いで死んでいたろう。何が幸いするか分からないものだ。

しみじみとした気分になっていたら、フローリン姫が悔しそうな顔をしているのに気づいた。

「なんで悔しそうな顔をしているんですか」

敵を倒して喜ぶとかはともかく、安堵《あんど》の表情を見せてもいいのに、いつかのナロルヴァみたいな顔をしている。

「別に、なんでもありません。言っておきますけど、人間の銃もそう捨てたものでもありません」

エルフの技の一端を見て、劣等感を刺激されてしまったのか。気持ちは分からなくもない。ガーディにとってそれは物心ついてからのなじみの感覚、エルフの里で暮らしていて、常々感じていたことだった。せめて自分が数百年生きられたら、あるいは追いつくこともできるかもしれないのに。

「ええ。銃は強いですよ」

そう答えて、大切なのは戦の術《すべ》だと、このところ身に染みています。と、心の中で付け加えた。

そうして黙って歩きだす。敵が敵を呼び寄せる前に、離れなければいけない。

どこをどうやって味方のところへ行くか。

街道を行けば短時間で着くだろうが、敵は当然、街道を重点的に捜索するだろう。

時間をかけても街道を避け、移動した方がいいのだろうか。

「ガーディ、迷っているのですか」

馬上から声が掛かった。

「はい。街道を避けようかどうしようかと迷っていました」

フローリン姫は不思議そう。

「あれだけの弓の腕があれば、強行突破もできるのではありませんか」

「いえ、無理だと思います。一〇人は倒せるかもしれませんが、一一人いたら危うくなりますし、二〇人いたら絶対に防げません。隠れて銃の狙いを付けられていたら、それでもやっぱりダメでしょう。そして敵は五〇〇やそこらはいたはずです」

エルフの長弓兵三〇〇人も、使い方を間違えれば一瞬で全滅する。この程度の弓の技ならなおさらだ。数の前では無力だ。使い方はよくよく考えなければ。ガーディはそう思った。

弓よりも戦の術《すべ》だ。僕は戦の術を身につけたい。

ガーディの思いに気づく事なく、フローリン姫は言った。

「では、考える余地がないのではないですか」

「そうですね。確かに。おっしゃるとおりです。迂回《うかい》しましょう」

海側を行くか、山側を通るかを考えて、山側を行くことにする。逃げるときは障害物のない見晴らしの良い海側へ向かったが、隠れて敵中を進むのなら、山側の方が良いだろうという判断だった。

とはいえ、木々は燃料や建材用に切り倒されて、山は半分はげ山である。身を隠すにはいささか心許《こころもと》ない。特に使い道もなく生えている枯れススキが頼りだ。

おっかなびっくり、進む。

驚いたことにフローリン姫は上機嫌、鼻歌が出そうな感じだった。

「フローリン姫は上機嫌ですね」

「この状況で上機嫌なわけがないでしょう」

そう言った後で、フローリン姫はかすかに笑った。

「でも、あれだけの弓の腕の者に自分の考えで指示できたことは嬉《うれ》しくはあります」

「僕の事ですか？」

「そうかもしれません」

自分の命も賭金《かけきん》になっているであろう局面で、よくやる。

まあ、怯《おび》えられるよりはいいかと、再度思い直して歩いた。道なき道を歩いて、街道から随分と離れた山の中から、前線に向かって歩き出す。

山の稜線《りょうせん》にそって曲りながら進む内に、フローリン姫が声を掛けてきた。

「あの、方向は大丈夫でしょうか。本当に前線に向かっていますか？」

「大丈夫です。間違いありません。うまく隠れられるかそっちを心配してください」

そう言ったら、フローリン姫はガーディの顔を見ようと頑張っている。

「さっき笑っていたから意地悪しているとかではないですよね？」

「大丈夫ですよ。というか、そんなこと忘れかけていました。意地悪もいたずらもしませんから、笑っていてください」

そう言うと、フローリン姫はほっとした顔を浮かべた。

「ガーディは優しいね」

また言葉遣いが変わっている。

「どうでしょう？」

そう言ったら、フローリン姫はおそるおそる尋ねた。

「取り入るつもり、でしょうか」

「いえ、そんなことは全然。僕、人間社会の出世や身分というもののありがたみが未《いま》だに分からなくて。でも姫の笑顔は好きです。自分も元気になれそうな気がしますし」

逆にいうとガーディは、不安そうな顔や泣き顔を見たくはなかった。別れるときに泣いて暴れていた母を思い出し、最後の一日だけでも一緒に過ごせば良かったかと、そんな気分になるからである。

「そうなんだ……じゃない。そうなのですね」

フローリン姫はそう言って、しゅんとなった。ため息までついている。

「えー、気になるんですけど、もしかして、取り入ってくる人の方が好きなんですか」

「違います」

「違うんですね？　じゃあ……」

なんでしょうと言いかけたら、フローリン姫は横を見た。

「優しい人に意地悪をしてしまったと反省していたのです。でもそれは無駄だったようです。ガーディは優しいのではなく、人間について無知なのですね」

「はい。あと僕、どうやらフローリン姫がぞんざいに話しているのが好きみたいです」

そう言ったら、フローリン姫は表情に困る様子。

「姫という立場は立居振舞の他言葉遣いにも気を使わないといけないのです」

「そうなんですか」

ガーディがそう言うと、フローリン姫は再度困った後で少し口元をほどけさせた。

「ふ、二人きりの時だけだからね。あと、人間のことを知らないんだったら私が教えてあげる」

あ、そっちは別にいいです。いりません。特に人間社会に興味ないし、と言いかけて、ガーディはフローリン姫が世話焼きさんであるのを思い出した。

「ありがとうございます。嬉《うれ》しいです」

つい、嘘《うそ》をついてしまった。フローリン姫の笑顔を見たかった、ともいう。

予想通りフローリン姫は上機嫌になり、周囲を監視する仕事にも力が入ったようだった。

人間やる気が大切だと、ガーディは学んだ。

不意に、道に出てしまった。街道のような立派な道ではないが、普通の生活に使うような踏み固められた道である。

「ガーディ。道……だよね、これ」

フローリン姫も気づいて、身を乗り出して道の先を見ている。

「集落があるんだと思います。街道を外れて存在する理由は分かりませんが」

「えっと、亜人が住んでいるんだと思うけど」

「亜人ってなんですか？」

「人間以外のことだけど」

エルフの里ではエルフ以外の人間やピクシーをネスメロン、すなわち若い友人と言っていたものである。それより洗練されていないが意味はだいたい同じ。無意識に侮蔑の心が入っている。ちなみにオークやドワーフはエルフの里では存在しないかのように扱われた。

どこも同じだなあと思いつつ、フローリン姫を見た。

「人間以外の種族とイントラシアの関係はどうなっていますか？　シンクロさまを見る限り、そんなに悪くはないと思うのですが」

「そうだね。悪くはない……よ。海の向こうにはドワーフの国もあって、そこと貿易を続けてきた関係で、偏見などは他国より薄いと思うし、検地に沿った税をきちんと納めていれば、特に分け隔てをしてないし」

　そう言いながら亜人呼ばわりしているんだよなあと思ったが、それについてフローリン姫に話をしても致し方ないので、別の事を口にした。

「ではなぜ、栄える街道を外れてわざわざ辺鄙《へんぴ》なところに集落を作るのですか？」

「そこは自由だから。道沿いに集落を作らなければならないという法はないの。亜人は一般に街道沿いに村を作ることを嫌がるから、だからあえてこうしているんだと思う。余所《よそ》者《もの》というか、人間がたくさん来るので街道は好かれてない」

　なるほど。それは確かに分かるところではある。人間をあまり信用していない種族なら尚更《なおさら》であろう。

　ガーディは頷《うなず》いて、馬上の姫を見やった。

「人間以外の種族だとして、そこに逃げ込んだら援助を受けられるでしょうか」

「ど、どうかな。でも、亜人の村であれば、グランドラ王に支配されるよりはマシと思ってくれるはず」

　グランドラ王は人間至上主義者である。実際ガーディの村も、グランドラ王よりはという理由でイントラシアへの帰属を選んだ。

　フローリン姫が言う言葉に納得し、亜人という言葉にいささか嫌悪感を持ちすぎたなと反省した。イントラシアはまだまともなほうだ。

「では行ってみましょう。分の悪い賭《かけ》ではないはず」

「うん」

道を行くことしばらくで、フローリン姫が小さく声を上げた。

「どうかしましたか」

「村が……」

顔色優れぬ姫を見て、ガーディは何が起きたかだいたい理解した。一度馬から下りて隠れて貰《もら》い、一人で物見に行くことにする。

「わ、私も行く……行きます」

フローリン姫が、鎧《よろい》の重さによろけながら言った。

「いえ、その、あまりお見せしたくないものがありそうなので」

抱き留めながらそう言ったら、むっとした顔で睨《にら》まれた。

「一人で待っているのは心細いと思わない？」

「こっそり、ちょっと見てくるだけです。良い子にしていてください」

弓を手に歩き出したら馬つきでフローリン姫が追いかけて来た。

「だから待っててくださいと」

「どうせガーディが居なくなれば私は無力、死んだも同然。だったらついて行ってもいいでしょう？」

「えーと、目立つからダメって意味で……」

「じゃあ鎧を脱ぐ。それならば自分の脚で歩けるし、目立たないでしょ？」

「さっき鎧を脱いだら死ぬとか言ってたじゃないですか」

そう言ったら、フローリン姫は横を向いた。

「鎧下があるのを忘れていました」

なんてわかりやすい嘘《うそ》をつく人だろうと思ったが、一人にしないで心細いと言われたら、母を思い出して親切にもなる。それで、鎧を脱ぐのを手伝った。鎧は一人では脱げない。

指示を受けながら留め金を外し、鎧を脱がせる。

鎧下はもこもこのギャンベゾンという服で、美しい刺繍《ししゅう》の他は普通の鎧下と同じように見えた。これ自体も布鎧の一種である。

「鎧、どうしますか」

「捨てて行きましょう」

お金持ちのイントラシアらしい返事だった。ただ捨てても足取りを掴《つか》まれるかもしれないので、隠して捨てる。土に埋めるまではしなかったが上に枯れ草をかぶせた。

身軽になったフローリン姫は、伸びをしたりあくびをしたりとのびのびとした様子。剣帯をつけ直して、くるりと回っている。城の奥で見た様子に大分近い。素《す》が出ていますよと注意すべきか迷ったが、無表情のままよりずっと好ましいと思って言うのをやめた。

馬にエルフ語でしばらく待っててねと伝えて、道を歩いた。時刻は既に夕方、一日が終わろうとしていた。この頃、一日の終わりは日没である。

計画されて作った道ではなく、ただ皆が通るからできた道は地形に沿って曲りくねり、時に小藪《こやぶ》をまたいだ。

たどり着いた村は、焼けていた。燃えているというよりは燃え尽きている。今はもう、煙も出ていない様子だった。

焼けた死体があちこちにある。焼けたせいで死因が分からない者が多かったが、銃で撃たれて死んでいる者がいたのは確認した。頭や胸が、爆《は》ぜている。

「誰がこんな酷《ひど》いことをしたんだ」

「イントラシアではありません。少なくとも、私はこのようなことを許しません」

ガーディにしがみつき、目を全力で瞑《つぶ》ったまま、フローリン姫はそう言った。

「ついてこなければ良いのに」

「何か言った？」

「転ばないでくださいよ」

イントラシアでなければ、グランドラ王だろうか。敵地で皆殺しをするというのは、そんなに珍しい話ではない。人が死ねば一人頭の食料は増える、冬が越せる。

しばらく歩いて、そうではないと知る。食料庫までが焼けていた。つまりこれは、生きるために殺した、ではなく、殺すために殺したということだ。

腹が立つし、弔ってやりたいと思うが、今はもう時間がない。

死体の首が繋《つな》がっている。

「だいたい分かりました。行きましょう」

姫にそう告げ、来た道を戻る。村の入り口で一人、野性的な娘が居た。古代人が着るような貫頭衣を着て、怒りの瞳でこちらを睨《にら》んでいた。

「貴様……あの時の弓兵」

犬のうなり声のようだが、崩れたエルフ語だった。

娘は右手を獣の前脚に変えると、鼻先を長く伸ばしながら近寄ってくる。髪に見えたのは体毛だったようだ。

あの時と言うからには、お姫様を狙った人狼《じんろう》族か。

「殺してやる！」

飛びかかった瞬間にはガーディの放った矢が鼻先に当たっていた。悶絶《もんぜつ》して倒れた娘を見て、学習能力がない。と呟《つぶや》いた。あるいは怒りで我を忘れた、というべきかもしれない。

「何、どうしたの。学習能力とは、あとうなり声が」

「もう少しだけ目を瞑っていてください」

「怖くない……？」

「大丈夫大丈夫」

フローリン姫は素直にぎゅっと目を瞑《つぶ》り、ガーディの袖を握った。

人狼《ワーウルフ》のみならず、多くの獣は鼻が弱点である。木鏃《もくぞく》とはいえ鼻に矢を受けて無事な生き物もそういない。

一所懸命に目を瞑っているフローリン姫の後ろ、燃え尽きた村では死体が動き出し、殺された時の痛みを口にしながら生者を探して歩き出していた。

不死者だ。

視線を動かし、悶絶《もんぜつ》している娘というか半狼《はんろう》をどうするか瞬《まばた》き三回分ほど考えて、ガーディは彼女を担いで待避することにした。

敵であるのは間違いないが、亡者《アンデッド》の餌にするのも違う、と思った。これが正しい行為かどうかは分からなかったが、ガーディはともかくも助けた。

「シリスランネの時は助けたくても助けられなかった。今度は助けられるんだから助けよう」

「頬《ほお》にもふもふしたのがあたるんだけど」

「大丈夫」

二人して走る。布鎧《よろい》から伸びるフローリン姫の手は思ったよりずっと細い。その手を引いて走る。

「この速度では転んじゃう、絶対転んじゃうから！　ガーディ！」

「もう目を開けていいです。馬に乗って！」

「あ、生き残りがいたのですね」

フローリン姫は喜んだが、どう事情を話すべきかは悩むところがあった。正直に言えばこの人狼娘、どうなるか分かったものではない。

ともかく今は、村から離れる。あとのことはあとで考えよう。

本当は村人を魔法かなにかで焼いて弔うことをしてやりたかったが、それを行う戦力も、火もない。

フローリン姫と人狼を馬に乗せて、自身は徒歩で走って逃げる。人狼が落ちないようにしますねと姫に伝え、予備の弓弦《ゆづる》で後ろ手に縛った。ついでに猿ぐつわもはめる。まるで罪人みたいだけどとフローリン姫に言われたが、逃げる途中で人狼に暴れられても困る。

こうして縛り上げた人狼の娘をフローリン姫の後ろに、乗せた。というより積んだ。

そのまま山に向かって走ることしばし、息が上がったところで、歩みを止めた。亡者たちは怨念のせいか村に縛られているようで、ここまで追いかけてはこなかった。

「これからどう……する？　すっかり真っ暗なんだけど」

フローリン姫が不安げに言う。雪がちらつく空のせいで星も月もでておらず、暗い。よく見れば、寒さのせいか、疲れているのか小さく震えてもいる。

火を焚《た》いて暖を取りたいが、そんなことをすれば目立ってしまうだろう。

「とりあえず、ゆっくり移動します。目指すのはあそこ、高いところです」

「高いところに……なんで？」

疲れを隠して、フローリン姫は言った。声だけでは疲れていることは分からない。たいした人だと、ガーディは思った。

「敵が灯《あか》りをつけているなら、この闇でも分かります」

「そうなんだ。ガーディは勇敢な上に賢いんだね」

「フローリン姫、その褒め方は犬にするものですよ」

「そ、そう？」

フローリン姫は照れている様子。こんなに疲れていても、かわいらしさが失われていないし、怒りっぽくもなっていないのは凄《すご》いことだとガーディは考えた。普通、お姫様でなくてもこういう状況では怒るし、駄々《だだ》もこねる。

反省しきりである。

ちょっとお母さんに似てるとか、お姫様とはこうだろうとか、そういう枠にはめてフローリン姫という人物を見ていたのかもしれない。

ガーディの視線に気づいてフローリン姫は口に当てていた手を下ろした。手を息で温める行為は気品に欠けると思ったらしい。

「犬扱いはしてないよ」

「そういうのじゃなく。ええと、すみません。僕、フローリン姫を誤解してたみたいです」

「どんな誤解？」

フローリン姫は馬上からガーディのほうを窺《うかが》っている。ガーディは頭を掻《か》いた。

「お姫様って、エルフにはいないんで、偏見があったかも」

「そうなんだ。あの、でもこの言葉遣いはガーディが望んだからこうしているのであって……」

フローリン姫は夜目にも分かるくらい恥ずかしそうにしている。顔が赤い。

「そういうんじゃなく、ですよ。なんというか、お姫様って仕事は楽なものだと思っていたんですけど、そうでもないんだなって」

「鎧《よろい》が重かったのはそうだけど、シンクロとか、みんな良くしてくれるから大丈夫。こんなことになってもガーディがついているし」

世話焼きさんで心優しい、お姫様を演じるために、苦労している人。ガーディはそういう風にフローリン姫を理解した。この人をなんとか助けたい。いや、もとからそのつもりではあったのだけど。

不思議なのは、こういう性格の姫が、なんで最初に会ったとき、御家人《ごけにん》として雇ってくれなかったのかである。

あの時、何かをしでかしていたのかな。

ガーディが考えていると、不意にフローリン姫が指を指した。

「あ、灯《あか》り」

「どこですか」

高い方へ登って正解だなとガーディは思った。猟兵の連中は馬で逃げているという先入観のせいか、かなり下の方を探し回っているようだ。

「隠れて行きましょう」

「ガーディ、味方かもしれないよ？」

「味方なら大声で捜索するでしょうし、その時は敵との遭遇を考慮して大勢で移動すると思います。おそらく規模で見極められると思います。あれは多分敵です」

敵がこちらの要塞線をなんらかの手法で抜けてきたのは間違いないが、抜けてきたのは五〇〇かそこらのようである。おそらく山岳に強い猟兵を送り出してきたのだろう。それで要塞線を迂回《うかい》して来た。随分長い時間掛かっていたはずである。秋の始め頃から移動させていたのかもしれない。食料を狩ったり集めたりしながら、この戦いのために。

となれば、随分と長い時間を掛けて、グランドラ王はイントラシア侵攻の準備を重ねていたことになる。

だとすれば、グランドラ王は凄《すご》い人だ。五〇〇人の猟師を集めるだけでなく、一季節拘束して言うことを聞かせられるのだから。しかも、魔法や権能《オーソリティ》抜きで。

これもまた戦の術《すべ》なのだろうか。それとも人望だろうか。

歩きながら自分がぼうっとしていることに気づいた。どれくらい歩いていたのか、一瞬忘れる。フローリン姫も馬の上で寝てしまいそうな感じである。このまま高いところに移動を続けるのは諦めるしかなさそうだった。今が十分とはいえないが、この状況では敵に見つからないことを祈るしかない。

亡者《アンデッド》に襲われぬよう、人狼《ワーウルフ》の村からなるべく離れて、今時エルフの里くらいでしか見かけない大きな樹《き》の下で過ごすことにした。一方向とはいえ、風をできる限り防げるのはありがたい。

外套《がいとう》も食料もないので、夜を過ごすのは大変な困難だった。地面からの湿気と寒さで、そのまま倒れ込んで寝たら凍死してしまいそう。仕方ないので木の上で寝ることにした。エルフがしばしば長期の狩猟旅行で行う方法だった。

「木に登ります」

「ガーディ、私はそんなことやったこともないよ。私は……」

「イントラシアのお姫様ですよね。大丈夫です。背負っていきますから」

ガーディがかがむと、フローリン姫は躊躇《ちゅうちょ》した。

「いえ、あの、でもね」

「非常事態です」

「そう言えば無法が通るとか思ってない？」

「思っていません。はい。どうぞ」

フローリン姫は迷ったあと、ガーディに身を任せた。姫の頬《ほお》がくっついた背が暖かい。

「くっつけば暖かいね」

「もう少しです」

フローリン姫を大樹の枝に預けた。樹《き》はミズナラだった。この時代、製材法が確立されておらず、建材にならない木である。そのためこの木は切られることもなくほっておかれたのであろう。ガーディはもう一往復して人狼《ワーウルフ》の娘も連れて来た。馬には見張っていてねとエルフ語で喋《しゃべ》りかけて、頷《うなず》いて貰《もら》った。馬は一日に一刻（二時間）ほどの睡眠で良い。

木の上に戻ったら、自分の身体《からだ》が疲れ果てていることに気づいた。

「落ちないように眠りましょう」

そう言ったら、姫に苦笑された。

「さすがにそれは、自信がないよ。ガーディだけでも眠れるなら眠って？」

「いざとなれば、フローリン姫も動かないといけません。休みは重要です。なるべく落ちないようにこっちの太い枝へどうぞ」

「ガーディもこちらに。くっつくと暖かくなるの。さっき覚えちゃった」

「いや、でも」

「非常事態なんでしょ？」

フローリン姫はなぜか得意げに言った。

「そうでした」

母以外の女性《にょしょう》とくっついて寝るなんてことははじめてである。緊張したが、くっついたところは暖かく、なんということかすぐに眠ってしまった。フローリン姫も同様である。心地よかった気はするが、自信はない。

目が覚めたのは、空腹と寒さのせいだった。どれくらい寝たのか分からないが、空は既に白みはじめていた。

雪が降っていて手袋の中まで凍りそう。息が白い。

「ようやく起きた」

フローリン姫は先に起きている。身を預ける感じで寝てしまっていた。恥ずかしい思いで身を起こしたところ、姫は実に得意げに微笑《ほほえ》んだ。

「一騎当千の弓の名手といえど、寝顔はかわいいんだね」

「かわいくありませんし、弓についても、たいしたものでは……」

「まあ、そういうことにしておきましょう」

急にお姫様らしく口調を変えて、フローリン姫は余裕たっぷりである。なんだか釈然としないが、回復しているのはいいことだと思い直して頭を掻《か》いた。

横でぐったりしている人狼《ワーウルフ》の娘を見る。今は人間の、娘の姿だった。涙の痕が頰《ほお》についている。

「それにしても、よほど疲れていたんだね」

「この人狼ですか」

「いえ、ガーディが。その子は先ほどまで暴れていて、それで私は目が覚めたの」

「なるほど」

フローリン姫を守ろうと思っていたにもかかわらず、それはちょっと恥ずかしい。猿ぐつわを取ると、人狼の娘は目を見開いて涙を落とした。

「殺せ！」

「なんと言っているんだろう？　エルフ語ぽいけど……」

「えーと」

ガーディが返事に困っていると、フローリン姫は少しだけ微笑《ほほえ》んだ。

「そうそう。この人狼には覚えがあるかな。先日、本陣に切り込んできた者でしょ？」

「気づいていましたか」

フローリン姫はやっと本当の事を喋《しゃべ》ったかという様子。

「それはまあ、さすがに。人の良いガーディが人を縛るなど、余程のことだろうし」

「いえ、僕はあまり人が良いとは……」

「人が悪ければ私に狼藉《ろうぜき》を働いたり、見捨てて逃げていたと思うの。それにね」

フローリン姫は顔を近づけて青い瞳一杯にガーディの姿を映した。

「私に言わなかったのは、この子が処刑されないように、という配慮でしょ？」

「すみません……」

姫は嬉《うれ》しそう。謝らせたから、というよりも本当の事を話してくれたから、という様子だった。

「許します。その優しさで私を助けたのです。それを他に向けられて怒るというのもおかしな話です」

「ありがとうございます。でもあの」

「喋り方？」

ガーディが頷《うなず》くと、フローリン姫はいたずらっぽく笑顔を向けた。

「それはいいけれど、癖にならないようにしないとね。皆がいるところでうっかりこの喋り方だったら、皆びっくりしちゃう」

元から大分隠せてませんけどねとガーディは思ったが、何も言わないことにした。ガーディの場合、ぞんざいな喋り方をしているフローリン姫の方が、ずっとそれらしく、好ましく見えたのだった。

ガーディの思いをよそに、フローリン姫はもう別の事に興味が移った風。考えこんだ顔をしている。

「しかし、分からないことが。村を焼いたのがグランドラ王だとすれば、なぜそんなことを？　味方を殺すなんて、ヘン」

「聞いてみます」

ガーディは殺せと喚《わめ》いているというか、ワンワン言っている娘の背を撫《な》でて大人しくさせるというか、身をこわばらせて黙らせると、エルフ語で話しかけた。

「まず落ち着いて欲しい。死者が動き出していたから連れてきちゃったけど、もとより君をやっつけるつもりはないんだ。事情を教えて欲しい」

「そう言いながら嫌らしくフェリンの背を触ってるじゃないか！」

「名前はフェリンと」

「謀ったな！」

人狼《ワーウルフ》ってあんまり頭は良くないのかなと思いつつ、ガーディはなだめすかして話を聞いた。フェリンは絶対話さないぞと言う割に、すぐに口を滑らせた。

「年齢はどれくらい？」

「お前などに教えるものか。フェリンにも人狼の誇りがある」

「毛並みからして三つくらいかな。僕、前に犬を飼ってて犬には詳しいんだ」

「一五歳だバカにするな！　あと狼《おおかみ》だし！　人狼だし！」

こういう感じである。おかげで、半刻も掛からずに大体事態が分かってしまった。

「つまり、村が占領されて言うことを聞いてたんだけど、先走って攻撃しちゃってイントラシアに情報を教えたと糾弾されて村を焼かれたと」

「なぜそこまで分かる!?　魔法か！」

きっと、この頭の悪さで足並みを揃《そろ》えず攻撃してしまったのだろう。そして作戦が露呈したと敵は怒り、腹いせで人狼の村を焼いた。

敵は案外、こちらが待ち構えていると悲壮な気分で攻めて来ていたのかもしれない。一方こちら、イントラシアはぬかってしまった。同じ手で来るとも考えていなかった。

しかし、グランドラ王といえど、間違えることもあるというのが分かったのは良かった。あるいはその部下が間違えたのかもしれないが。

考え事をやめてフェリンを見る。今の見た目は完全に犬、じゃない狼だ。男に酷《ひど》い目にあわされぬように獣の姿に変わったに違いない。自由に姿を変えられるのは便利だなとガーディはのほほんと思ったが、フェリンの瞳はいつ殺されるのかと、そんな恐怖を湛《たた》えていた。不意に、タヘーという友人の顔を思い出した。それでガーディは微笑《ほほえ》んだ。

「じゃあ、聞きたいことは聞いたので、解放します」

「そう言って殺すんだろう」

涙目で言われたので、優しく頭を撫《な》でた。撫でると獣耳が後ろに倒れる。狼《おおかみ》の姿も可愛《かわい》らしい。

「大丈夫大丈夫。身を寄せる先はあるかい？」

「あるわけないだろう……は、これも尋問か！」

バカな犬ほど可愛いとエルフ語では言うが、確かにそうだなとガーディは思った。思った後、狼の姿になっているフェリンの頭を撫でた。

「まさか。身を寄せる先があればよし、なければこの戦いが終わって僕が生きていたらだけど、僕のところに身を寄せて貰《もら》って構わない。イグノゴンド城のシンクロ・ナウロネレドさまの屋敷にいるから。名前はガーディだ」

フェリンは耳を小さく振った後、ガーディに向けた。

「ガディーではなく？」

「人間には言いにくいみたいでね。さ、下ろしてあげるよ」

担いで下ろして、逃がしてやった。敵に通じることはないだろうと思いつつ、一度木に登る。フローリン姫が酷《ひど》く心配そうにこちらを見ていた。

「逃がしましたけど、良いですよね」

「そちらの心配はしていないけど。背負って木を降りるとき、狼がガーディの首筋に噛《か》みつくかと心配したんだよ？」

「そういえばそうですね」

　笑って、次を考える。フローリン姫は納得していない様子だが、ため息をつくだけに留《とど》めたようだった。

「とりあえず、喉が渇いているでしょうから、雪を溶かして水を作ります」

「うん。それで今日はどうする？」

　フローリン姫の言葉にガーディは頷《うなず》いて見せた。

「なんとか急いで味方のところに行かないといけません。食事のためにも、それと、味方が総崩れにならないようにするためにも」

　人狼《ワーウルフ》の村で示された通り、グランドラ王のやり方は苛烈《かれつ》だった。もし負ければ、人間もさることながら人間以外の種族はことさら悲惨なことになろう。故郷のためにも、母のためにも、イントラシアに勝って貰わないといけない。

　そもそも弱音一つ吐かずに自分に付いてきてくれているフローリン姫をどうにか助けたかった。今全ての状況がガーディに向かって、戦えと言っているような気がした。

「必要性は分かるけど、でも、味方は今どこに？　ナロルヴァたちは……」

　フローリン姫の言葉に、ガーディは少し考えた。

「僕たちが逃げた以上、敵は戦い続ける意味がありません。だから、無事だと思うんですが」

良くないのはナロルヴァたちが時間稼ぎとかいって執拗《しつよう》に戦い続けた場合であるが、それについては考えたくなかった。十分ありえると思っていたからだ。

祈るしかない事が多くて困る。いや、神を持たないエルフの息子が祈っても仕方ない。考えないと。

ガーディは気分を落ち着かせ、フローリン姫の細い手を見た。寒そうなのでその手を握って暖める。

「味方がどこにいるか、ですが、一部はこっちを探して動いているでしょう。残りの多くはグランドラ王と戦っていると思います」

幸い、というか、フローリン姫は一番偉くても将軍として戦っていたわけではないのでいないからといって戦いに支障が出るわけではない。とはいえ、総大将《フローリン》が敗走したと聞けば勝手な判断で撤退する軍勢も多かろう。様子見に転じる者もいるはずである。

「僕が思うに、グランドラ王のことだから大々的に姫を倒したとか言うでしょうね」

「私の首を掲げられないので、信じる味方も少ないと思うよ」

フローリン姫は冷静にそう言って、ガーディの手を見た。言葉を続ける。

「シンクロは味方の動揺を、少なくとも短期的には押さえると思う」

「なるほど、流石《さすが》の読みですね」

そう返事したら、直後に手を振り払われた。

「からかうのはやめなさい」

「からかってませんよ」

「ならいいけど。しかし、どうすれば」

「方向は分かるので、基本、そっちに向かえば大丈夫です。ただ隠れながら味方のところに行くのは大変ですけど。隠れているんだから味方にも見つかりにくいし」

二人でどうしようかと考えていたら、フローリン姫が顔をあげてガーディの顔を見つめた。

「どうしましたか？」

「私には〈万物鑑定《ジャッジメント》〉のが権能《オーソリティ》があるんだ」

「はい。それが？」

フローリン姫は手を合わせて顔につけた。

「ガーディの権能を〈万物鑑定〉すれば、この状況を改善できるかも。凄《すご》い権能さえあれば……」

「それ、すごい順番待ちだと聞いたことがあります」

「今は非常事態です」

「そうでした」

肩の力を抜いてフローリン姫は微笑《ほほえ》むと、軽く右手を光らせてガーディの額にかざした。

「でも、木の上で使うことになるなんて思いもしなかった。はじめるよ」

ガーディが心の準備どころかその意味を深く考える間もなく、フローリン姫の瞳の色が変わった。魔力が虹色なら、権能《オーソリティ》の色は金色だった。フローリン姫の青い瞳の中に金色の海が現れたよう。

フローリン姫は目を伏せながら呪文のような、祈りの言葉のような、そういうものを口にした。古いエルフ語だった。

「この世の被造物に名前なきものはなし、名前を明らかにせよ、あるべき姿を示せ、目覚めよ、権能、〈万物鑑定《ジャッジメント》〉」

ちょっとは光ったが、それだけでどうということはなかった。ガーディは拍子抜けした気分で頭を掻《か》いた。

「えーと、これだけ、ですか」

「これだけで悪かったわね」

フローリン姫が怒りそうになるのをすみません、すみませんとガーディはなだめた。

「もうステイタスウインドウに記載があるはずだけど」

「怒らないでくださいよ」

フローリン姫は片目でガーディの姿を見ると、ふと笑った。

「私が意地悪しているみたいでしょ。ほら、開いてみて」
ステイタスウインドウを虚空に開いた。

名：タウリエルの子、タウルガディー（ガーディ）
種族：ただの人間
メインクラス：まだ何者でもない
サブクラス：エルヴィン・アーチャー（LV114）
力：8900
器用さ：15900
素早さ：13300
知力：12000
教育：28000（ただし人界では半分）
社会的地位：10000
魔力：0
魅力：15200
幸運：10000　＋（36）

権能《オーソリティ》：〈無限抱擁《インフィニットテンダー》〉：この権能を持つ者はどこまでも他者に優しい。

一読して、フローリン姫が木から転げ落ちそうになった。慌ててガーディは助け起こした。

「ど、どうかしましたか」

自分のステイタスウインドウを確認しながら、ガーディは変な事は書いてないよなと確認した。大丈夫そうである。ステイタスウインドウの各数値の人類平均は10000なので、力と魔力以外はまずまずといったところだった。15000なら一〇〇〇人に一人、20000では一〇〇万人に一人の能力と聞いたこともある。

ガーディの反応をよそに、フローリン姫は息も絶え絶えという様子。

「色々言いたいことはあるけど、なんでよりにもよって私が担当したときに、そんな権能が発現したのですか！」

「担当者によって変わるんですか。権能って」

「それは……変わらないと思う……けど」

自信なさそうな様子のフローリン姫は、また直《す》ぐに元気を取り戻して、暴れた。

「もう、そういう話じゃなくて！　この権能は……！」

「別に僕が持ちたかったわけでは……いや、そうですね」

もう一度ステイタスウインドウに優しく触れて、ガーディは笑顔になった。

「ありがとうございます。僕の母も、きっとこの権能を持っていますから、種族は違えど親子なんだなあと思いました。ありがとうございます。とっても嬉《うれ》しいです」

実際、ガーディにとっては何より嬉しい権能だった。表示を見ただけで優しい気分になれた。もしかしたら僕が死んで一〇〇年経《た》った後でも、幼い母が自慢できるような子になれるかもなとすら思った。

しかしフローリン姫は、鑓《やり》に貫かれたような顔をしている。

「大丈夫ですよ。最初から権能なんて、あてにしてませんでしたし」

ガーディが慰めるように言うと、フローリン姫は悲しい顔をした。

「……権能の強さでいけば間違いなく最弱、ううん、それにすら至ってない。単に弱いってだけじゃない。それはもう……この戦乱の時代でその権能は、死も同然なんだよ。その権能を見た瞬間、誰もがガーディ、あなたを利用しようとするわ」

ガーディはタへーや、ここに至るまでに逃げ出した村の皆を思い出し、あれを意図的にやるのかなあと考えた。狙ってやられたら確かに嫌な気もするが、一方で今までとあまり変わらぬような、そんな気もした。鑑定《アイデンティファイ》があろうとなかろうと、僕は僕。その本質に違いはない。

それよりも、母と同じという嬉《うれ》しさが勝る。

「いいんじゃないですか。僕は気にしないことにします」

「気にして！」

世話焼きさんが変な方向に爆発したか、フローリン姫は木の上で大いに手を振ってガーディを慌てさせた。

「だいたい私が、あなたが優しいことを利用して無理に味方のところに帰りたいと言ったらどうするのよ」

「利用はしてないですよね。僕が馬に乗っけて走って逃げたんですから」

数秒考えたあと、フローリン姫は顔を赤らめた。

「そうだけど！」

どうも世話を焼くのは大好きでも世話を焼かれるのは好きではないらしい。母と同じだなと思ったガーディは母にやっていたように、笑ってフローリン姫の頭を撫《な》でた。

「大丈夫大丈夫。それに、少しだけどこの状況を切り抜ける道も見えたよ」

恥ずかしそうに頭を撫でられるフローリン姫は、恥ずかしさに耐えかねて文句を言おうとして、えっと、驚いた顔になった。

「それは……どういう？」

「今見たら、僕の幸運が三の一二倍上がっていたんです。おーい、メイ、いる？」

「呼ばれて飛び出てじゃんじゃかじゃんじゃんじゃーん！」

見知った羽妖精《ピクシー》たちがあっちこっちからひょっこり姿を見せた。ガーディが笑顔になった。

「転移の魔法が使えたんだね」

メイはガーディに抱きつきながら口を開いた。

「はいっ。メイは直《す》ぐにも旦那のところに行きたかったんですけど。さっきまで旦那の極座標《ラーコーディネート》が分からなくて転移できなかったんです。ところがほんとについさっき、最高のカモっぽい、いや、おいしそうな権能《オーソリティ》が既知空間内に発現して、こんな権能を持ってるのは旦那しかいないだろうとアタリをつけて来たんです」

他の羽妖精たちも一様に頷《うなず》いている。どうも羽妖精たちは離れていてもステイタスが分かるらしかった。

「ほら、フローリン姫、僕の権能が早速役に立ってますよ」

「カモって言ってたじゃない！」

フローリン姫は責任を感じたか、抱きついている羽妖精たちを手で払いのけてガーディをその身に引き寄せた。自分で抱きついた。

「この者はフローリン・イントラシアが守ります。羽妖精たちはこの者に乱暴してはなりません」

フローリン姫の言葉を、羽妖精《ピクシー》のメイは鼻で笑った。分かってないなあと肩をすくませる。確かに羽妖精に乱暴していたのはガーディだったが、それとは違う答えをメイは口にした。

「いやいや、この権能《オーソリティ》は人間が独占していい権能ではないんです」

「ガーディは人間です。見て分かりませんか」

「分かってないなあ。その最強最高の権能を持った瞬間に種族枠は既に有名無実ですがなにか？　種族欄を見れば分かるでしょ。人間ではなく、〝ただ〟の人間になってる」

「最強最高？　冗談も休み休み言いなさい！」

「人間って可哀想《かわいそう》。そんなことも忘れてるなんて」

ガーディはメイをぺちっと叩《たた》いた後、フローリン姫とメイを交互に見た。

「喧嘩《けんか》しない。それと、僕のことは僕が決めるよ。それよりまずは、僕たち味方のところに帰りたいんだけど」

メイは空中で手を叩いた。何か思い出したらしかった。

「そういえば、こっちに近づいてくる猟師がいました！」

「それは味方じゃなくて敵だね。でもありがとう。凄《すご》く助かる情報だ。味方のところについたら干柿をあげるよ」

「ほんと？　わーい」

可愛《かわい》らしく踊って喜ぶメイたち羽妖精《ピクシー》を横に、フローリン姫はため息をついた。

「羽妖精に優しくすると身代が傾きますよ」

第三者がいるせいか、喋《しゃべ》り方がいつもの言葉遣いに戻っている、それを残念に思いつつも、味方が増えた事を喜んで、メイを指に抱きつかせてガーディは口を開いた。

心は、晴れ晴れとしている。

「そうなんですけど、今は貴重な味方で戦力です」

「戦力……どこが、ですか」

育ちの良さか、つい素直に尋ねてきたフローリン姫に微笑《ほほえ》んで、ガーディはメイを弓手《ゆんで》に止めた。弓手とは左手のことである。ちなみに右手を馬手《めて》という。弓使いが弓手の上に誰かを置く重みを、メイは分かったような顔で、軽々と座った。

「メイにお願いがあります」

「お任せください！　役に立っちゃうよ！」

「じゃあねえ」

ガーディはメイに顔を近づけた。

　いつかを思わせる雪の中を歩いている。違うのは吹雪ではないこと、山ではないこと。自分の前に歩く者がいないこと。タヘーの代わりにイントラシアのお姫様がいること。なんだ、色々違うなとガーディは白い息を吐きながら思った。

　それと家来がいる。


　馬にもう少し頑張ってねとエルフ語で話しかけ、見通しのいい山の斜面の、岩の上にたどり着いた。フローリン姫も岩に登ろうとするので、慌てて手を貸す。

「下で待っていてもいいと思いますよ」

「前にも言いましたけど、どうせガーディが居なくなれば私は無力、死んだも同然です。ならばついて行く方が良いのです」

　フローリン姫がそう言うので、ガーディは少し笑った。

「なるべく敵を殺さないようにするんで、今度は目を瞑《つぶ》らなくてもいいと思います」

「ガーディはいつだって誰かを殺さないようにしていましたよね。最初に人狼《ワーウルフ》が攻めて来た時も、人狼の娘を助けたときも。おそらくは猟兵二人を倒したときも。木鏃《もくぞく》で昏倒《こんとう》させていただけ、違いますか」

「そこまで人は良くないですよ。単に真銀《ミスリル》の鏃《やじり》が手に入らなかっただけで」

ガーディ自身は鉄の鏃でも良いのだが、家来の羽妖精《ピクシー》が鉄を嫌うのである。当時は羽妖精よけに鉄の蹄鉄《ていてつ》を玄関に飾る家もあるくらいだった。

遠く、一〇名ほどの猟兵が山道を歩いてきている。距離は五〇常《じょう》（一八〇m）以上ある。矢は後、七〇本ほど。

羽妖精の報告によれば、あと七〇か八〇名はいると言う。一〇〇名くらいかなと、ガーディは思った。一〇〇対一。でも、心は静かなままだった。

敵の中にはグランドラ王がいない。僕には弓があり、そして戦の術《すべ》がある。付け焼き刃の戦の術ではあるが、多分うまくいく。そういう予感があった。あの雪の平原での戦いでエルフの弓兵たちが無残に敗退してから、こうすればよかったのではないかと、ずっと考え、温めてきた戦の術。

エルフの長弓兵三〇〇の平均レベルは三〇〇はあったはず。一〇〇〇歩先の針の穴を真っ暗闇で貫ける程度の腕前はあった。それに比べれば僕はそう、足下にも及ばない。数に至っては一人きり……でも。

でも勝つ。勝たないといけない。生きるために。雪の平原で死んだ皆のためにも。

エルフからずっと、仲間はずれみたいな扱いだったのに、戦いを前に湧き上がるのは復《ふく》讐《しゅう》してやるぞという気持ちだった。敵を殺そうとは思わないけれど、エルフの弓の技が、旧式すぎると断じられるのが悲しかった。古くてもいいものはあるはずだ。

戦いの高揚は、戦う前からない。ガーディにはやる気があったが、心は舞い散る雪のように冷えていた。ガーディは戦いを格好良いとも思っていなかったし、手柄をあげようなどとこれっぽっちも思っていなかった分、冷静でいることができた。

古来戦いで熱くなる者と冷静極まる者がいるとされるが、強いと言われるのは圧倒的に後者である。

「戦いを始めます」

ガーディはフローリン姫にそう告げると、特に気負うこともなく馬手《めて》の全ての指の間に矢を掴《つか》み、無造作に弓を引いて射はじめた。角度を変えて四本撃って、四本命中させた。頭を重い矢で撃ち抜かれて昏倒《こんとう》し、山道を転がり落ちていくのが見えた。二人ばかり巻き込まれて落ちていく。

慌てて散開しようとしてその道幅もなく、次の四本の矢で一〇名の猟兵は全滅した。放った矢の数より倒した敵の方が多い

「やっぱり魔法が使えるのでしょう？」

ガーディを見上げて、フローリン姫は言った。どこか拗《す》ねているような様子。

「僕の魔力は〇ですって」

「ではやはり、卓越したクラスレベルのせいですね。イントラシア最高の銃兵でもクラスレベルは七〇ほどです。ガーディは一〇〇を超えていました」

「七〇、まあ、人間が適当に生きていたら、そんなものだと思いますよ」

ガーディの場合はそうではなかった。人間はこれだからと言われれば、母が悲しむからだった。だから努力に努力を重ねた。必死にやった。でも寿命の差がガーディの前に立ち塞がっていた。

「まるで他人事《ひとごと》のように、ガーディは人間です。そうでしょう？」

それが重要であるかのように、フローリン姫は言った。一方ガーディにとっては、別にどうでもよかった。種族はどうあれ、母は母だし、エルフの里で育った。格別に親切にしてくれたシンクロさまはオークだし、二人で手を取り合って喜んだナロルヴァはその娘だったし、家来はフェアリーだ。つまるところ大事なのは、種族以外であった。

その権能《オーソリティ》を持った瞬間に種族枠は既に有名無実、メイが言っていた通りかもしれない。

「人間かどうかは、この際どうでもいいと思います」

ガーディはフローリン姫に優しく言うと、空中待機している連絡役のメイを見た。

メイは両手で耳を押さえながら、みょんみょんみょんと話をしている。独り言にしか見えないのが難点ではあった。

「次、右に二四〇常《じょう》、二人、走っているって。その後ろ右斜めに四名。こっちはゆっくり。

左は崖を登っているのが一〇人」

「どれも六〇常になったら教えて」

「アイアイサー」

「まーた変な事言って」

ガーディはそう言いながら弓を引いた。メイの指示を聞きながら、無造作に矢を放った。

メイが頷《うなず》いた。

「二人撃墜」

「次だ」

この時ガーディが行った戦の術《すべ》は、現代で言う妖精管制間接射撃《ピクシーファイアコントロール》である。

羽妖精《ピクシー》たちを各所に配置してそこから偵察情報を得て、視界外射撃戦を行うもので、後に大規模採用されて羽妖精たちの復権の第一歩になった。

イントラシア・フェアリーエアフォース、すなわちイントラシア妖精空軍の萌芽《ほうが》はここに見る事ができる。

ガーディは矢を一〇本あまり残して迫り来る一〇〇余兵を全滅させ、そのまま羽妖精たちの偵察情報を利用して移動を開始した。幻想守ガーディ《ファンタジツク・ガーディ》の伝説のはじまりであった。その第一歩は、皆が知る大軍師としての活躍ではなく、弓兵としての活躍であった。

羽妖精《ピクシー》たちが刻一刻と伝えてくる情報を元に、ガーディは馬を走らせた。といっても自身は徒《かち》で追走している。もう少し羽妖精の家来を増やしたいとメイに言ったところ、待ってましたとほぼ一瞬で五〇〇ほどの羽妖精が集まった。権能《オーソリティ》のおかげで世界中の羽妖精が座標空間を無視して集まっており、これが迅速な羽妖精増強に繫《つな》がった。

「権能って凄《すご》いですね。羽妖精には遠くからでも僕の位置が分かるそうです」

「それは凄いというか、そもそも良いことなんでしょうか……」

フローリン姫の嘆きともつぶやきとも取れる言葉を尻目に、ガーディは走る。心にあるのはナロルヴァのこと、シンクロのこと。生きていて欲しいと念じながら走った。

「この先、もう街道上に敵はいないみたい」

メイの言葉に感謝しつつ、街道に出る。前日行軍していた場所だった。場所はそう、エミンラングである。

「急ぎましょう」

「ガーディも馬に乗ってください」

フローリン姫がそんなことを言う、思えば最初のつっけんどんな態度から随分と柔和になったものである。

馬も鳴いたので、ガーディは馬に飛び乗った。

「そうだよね。ナロルヴァ殿が心配だよね」

「誰に話しかけているのですか？」

フローリン姫が不思議そうに聞いてきて、ガーディは馬の耳の後ろを掻《か》いてやった。

「馬ですよ、もちろん、急ぎましょう」

「エルフは馬と話せるのですか？」

「はい」

フローリン姫は難しい顔をしたあと、ため息をついてガーディに掴《つか》まった。同じくガーディに掴まっている羽妖精に同輩だねえと言われて、さらに難しい顔になる。

「そういえば、グランドラ王ってどんな人なんですか」

「戦上手《じょうず》で知られています」

「それはもう、はい、良く知っています。それ以外はないですか」

「それ以外でしたら、ええと、子供を一五〇人持っているそうです」

「一五〇」

目を剥《む》く話である。

「おかげで、一族衆がとても強いとか」

内部の結束が強いのがグランドラ王の強みだと言う。勝手にシンクロのような人物を想像していたガーディは、いささか幻滅した気になった。人間でも一五〇人を一人で産むことはないから、つまりは随分と好色な人物なのであろう。

かつて養母であるエルフに恋慕し、エルフを滅亡の淵《ふち》においやったという人間は、グランドラ王みたいな人なのかもしれない。

「うらやましいの？　ガーディ」

「いえ、ちっとも」

残念ながらこれに対するフローリン姫の反応は、残されていない。すぐに青地に金の円盤の旗印が見えて来たからである。それこそフローリン・イントラシアの旗印であった。馬を寄せるとシンクロが姫ぇーと大声で叫んで近づいて来た。喜ぶ、というよりは他の味方に伝えているようだった。

にわかにあちこちから喚声があがる。ガーディはフローリン姫に目を合わせて微笑《ほほえ》むと、馬を下りて人間社会の身分差というものを尊重した。フローリン姫にあらぬ噂《うわさ》が立たぬように配慮したともいう。

「よくやったな。ガーディ。俺の権能《オーソリティ》で大体は把握済みだ。よくぞ姫を護《まも》り通した」

シンクロの権能は煉獄耳《シャープイヤー》。どんな距離でも部下の言葉を聞けるものである。ああそうかと自分のまぬけさに顔を覆いたくなった。一方通行だが呟《つぶや》けば救助がもっと早く来た可能性があった。

「どうした」

「いえ、恥ずかしくなっただけです。それよりナロルヴァ殿は無事ですか。姿が見えないんですけど」

話しかけて来たシンクロが、苦笑した。

「いきなりそれか。安心せよ。まあ、ちょっと困ったことになってはいるが」

シンクロが言い終わる前にガーディはナロルヴァのところへ走った。羽妖精《ピクシー》のメイが気を利かせてナロルヴァの位置をガーディに伝えたのである。

「ナロルヴァさん！」

「ガーディ、良かった」

ナロルヴァは檻《おり》に入っていた。本来暴れる捕虜を入れておくための檻である。

「なんでこんなことに、今開けます」

「いや、この檻には私自らが入ったのだ」

「えーと、もう一度言いますけどなんでこんなことに」

ガーディの質問に、ナロルヴァは睨《にら》むことで返事をした。

「決まっている。反省するためだ。姫は無事だったのだろうな」

「無事です」

ガーディが言うと、ナロルヴァは檻に手を掛けて肩を落として微笑んだ。

「良かった。これで心置きなく死ねるというものだ」

「死なないでください」

「死なせてくれ。警護を担当していた私の責任だ」

「いやいや。フローリン姫だってそんなこと望んでませんよ」

「うるさいお前に何が分かる！」

「分かりますよ。フローリン姫が心優しい人だってことくらい」

ガーディの答えはナロルヴァを怒らせた。殊の外怒らせた。

それで二人ですったもんだの大騒ぎをしていたら、シンクロがやってきて頭を掻《か》いた。

「なんでガーディまで檻《おり》に入ってるんだ」

「僕はナロルヴァさんを外に出そうとしていただけです」

「こいつが勝手に入ってきたんだ。あと、さんじゃなくて殿だろ！」

「自分で檻に入っておいて殿をつけろもあるまい」

シンクロはそう言ってため息をついた。

「そもそも沙汰を下すのは姫だ。ガーディ。ナロルヴァが自殺せぬよう、見張っていてくれ。合わせる顔がないとか言ってうるさくてな」

シンクロはそれだけ言って指揮に戻った。実際今も戦闘中である。二〇〇常《じょう》（七二〇m）ほど離れた場所では敵味方が干戈《かんか》を交えて戦っていた。シンクロとしては娘の相手ばかりをしていられなかったのである。

ガーディもグランドラ王を見に行きたかったのだが、ナロルヴァが泣きそうな顔をしていて離れられない。参ったなあと思いつつ、腰を下ろした。

微妙な沈黙に顔をしかめていると、ナロルヴァが先に口を開いた。

「なんでお前も檻に入っているんだ。さっさと出ろ」

「僕はシンクロさまに見張ってろと言われました」

「檻の外からでも見張れるだろう？」

「いざとなったとき間に合わないのも嫌ですし」

「それは嫌味《いやみ》か。姫を守れなかった私に対する」

「いや、そうは言いますけど、皆でなんとか守れてますから。ナロルヴァさんだって頑張ったでしょ？」

「結局ガーディが全部一人でやったんじゃないか！」

それが一番ナロルヴァの心を傷つけていたらしい、ガーディはそんなことと言いかけて、作戦を変えた。

「一人でできるわけないでしょう。馬はナロルヴァさんの馬だし、羽妖精《ピクシー》たちにも助けて貰《もら》ったし、あの時離脱できたのもナロルヴァさんを含む姫周辺の人たちが壁になって時間稼いだおかげじゃないですか」

「そうだけど違うの！」

思わずナロルヴァは童女のような言葉遣いでそう反論した。反論した後で、顔を真っ赤にした。手で顔を隠した。

「今のは忘れろ」

「何がですか？」

「殺してやる」

「意味が分かりません！」

身の危険を感じて檻《おり》を出たらナロルヴァが追いかけて来た。僕の戦の術《すべ》も中々だなと思う間に追いつかれそうになった。ちょうど、やってきたフローリン姫の後ろに隠れた。

「卑怯《ひきょう》だぞガーディ！」

そう言われてガーディはすぐに反論した。

「何が卑怯ですか。せめて追いかける理由を教えてください」

フローリン姫は大きなため息。結い上げ直した髪を振って、ナロルヴァとガーディを黙らせた。二人して膝をつくことになった。

「このたびの失態、万死に値すると思っております」

「さっきからずっとこうなんです」

「姫になんて口を利いている！」

「私の前で怒鳴るのも、どうかと思います」

ナロルヴァが平伏すると、フローリン姫はガーディを見てちょっと笑いかけた。その後、すました顔をする。

「ナロルヴァ。貴方《あなた》の部下が私を助けたのです。部下の手柄は上司の手柄でもあります。失態にはあたりません」

「しかし」

「一つの失敗は一つの成功で返せば良いのです。この戦い、負けられません。戦って汚名を返上しなさい」

ナロルヴァはしばらく動きを止めた後、ご命令とあらば、と返事をした。ガーディが良かった良かったと思っていたら、ナロルヴァは立ち上がってガーディの首筋を掴《つか》んだ。

「ガーディ、ついてこい」

「首を捕まえなくても、ついていきますよ」

「姫に変な事をしたら許さないからな」

「敵を避けて移動しながらどんな事ができると言うんですか」

ナロルヴァはじろりとガーディを見た後、そんなこと私が分かるわけないだろうと言った。

まあ、元気になって良かったかな。

目下の問題は食事抜きの状況が続いていることである。戦の前に腹ごしらえをしたいと言って、なんとか食事にありつけた。

ちなみに手持ちの干柿は、全てを羽妖精《ピクシー》に贈った。活躍の褒美である。ピクシーの新時代が来たぜよと良く分からないことを言っているメイをぺちっと叩《たた》き、ガーディは二〇〇常《じょう》（七二〇m）先の戦場に向かった。

一体、本当の戦場とはどんなものだろう。ガーディは興味津々《しんしん》である。先ほどから断続的に喚声や銃声はすれども、大軍勢が衝突しているような感じではなかった。

到着して見ればあちこちに構、すなわち今で言う塹壕《ざんごう》が二重三重に掘られており、今も作業中であった。大盾（大立）を置いてその後ろで掘り進めている。銃兵は構に一列に並んで射撃戦を展開していた。敵も味方も顔を出せず、ガーディの想像していた、あるいは実際に見たことがある戦場とは、まったくと言って良いほど違う様相だった。

ああ、聖ダビニウス青銅騎士団は、本当に時代遅れだったのだな。

ガーディはそう思ったが、かといって当代の戦争は、随分とまた、間延びしているように見えた。おそらくは青銅騎士団が全滅したように、突撃が射撃によって破砕されるためであろうが、敵味方防御に徹して、なんというか動きがない。華もなかった。

確かにこの状況ならフローリン姫の帰還にあわせて実質の総大将であるシンクロが戻ってきて話をするくらいはできるはずである。忙しく指揮するような事がないというわけだ。なるほどなあと思いつつ、同じく構に入ったナロルヴァを見た。

「これからどうするんですか」

「突撃に決まってるだろ」

実際突撃しそうだったので、慌てて、草摺《くさずり》（鎧《よろい》の裾）を引っ張り抱きついて止めた。

「こんなところで何をする！」

「突撃したらいい的ですよ！」

「構が伸びるまで待てるか！」

頭を出したところに銃弾が飛んできた。ガーディはナロルヴァを抱きしめて構の壁に押しつけた。ようやくナロルヴァが静かになった。

ナロルヴァは凍ったように身を固めている。

「生きてください」

「わ、わか……たから、せめて夜まで待って」

夜襲だろうかと思ったが、ナロルヴァが恥ずかしそうにしているので、慌てて離れた。

ガーディにも乙女に悪い事をしたと思う程度の知識はある。

「構が伸びるのを待つと言っていましたけど、どういうことでしょう」

「構、ああ、うん。構は重要だな」

ぎこちない会話をして、落ち着くのを待った。

深呼吸をし、ナロルヴァは草摺の乱れを直すとガーディの顔を見ないようにして言った。

「見ろ、大盾を構えて構を作っているだろう」

「はい」

「あれが伸びていくと、いずれ敵の構にぶつかる。繋《つな》がるわけだ。そこからが本番だ。突撃戦になる」

城や城塞と違い、構の幅は人一人がようやく通れるほどしかない。たまにすれ違えるように二人分の幅があるところもある、その程度である。ここで戦うとなれば銃は使えて一度、その後は近寄っての白兵戦になる。鑓《やり》は長すぎて使えず、短剣などが物をいうことになろう。

一人死んでは次が立つ、そういう戦いになるはずである。

嫌な戦いだなあという感想の後、ガーディが次に思ったのはグランドラ王はそんな戦いをするだろうか、である。

「グランドラ王はどう動くでしょうか」

「敵がどう動くかなんか分かるわけないだろう」

「それは分かりません」

そう言うと、ナロルヴァはまじまじとガーディを見た。

「そういえば、前の奇襲もお前は予見していたな。エルフの魔法か」

「いえ、戦の術《すべ》、というものです」

そう返して、ガーディはグランドラ王がどう動くか考えた。

「少し考える時間をください。今度は前よりもう少しはいい戦いができると思います」

敗北にも良いことはある。ナロルヴァは素直にガーディの言葉を聞いて、突撃を諦めてガーディの考える時間を作った。

ナロルヴァのためにも負けるわけには行かない。

「メイにお願いがあります」

「はーい。頑張っちゃうよ！」

頭の上に止まっているメイがガーディの左手の甲の上に乗った。

「周辺を見張って欲しいんだけど」

「了解、イントラシア妖精空軍、行きます！　第一偵察航空大隊《ファーストリコンバタリオン》から第三偵察航空大隊《サードリコンバタリオン》、前《フォワード》へ！　発　進《リフトオフ、ア、ゴー》！」

大隊ってなんだと思いながらガーディは光の粉を落としながら飛んでいく羽妖精《ピクシー》たちを見上げた。四方八方に散る羽妖精たちが自分自身を除けば、ガーディに動かせる戦力の全てであった。

羽妖精たちの物見を待つ間、ガーディは頭を働かせた。

総大将であるフローリン姫を奇襲で倒し損ねた今、敵は正面から戦うことしかできないのだろうか。

違う気がした。グランドラ王は正面からは戦わないだろう。なにせこちらには豊かな財政を背景にした軍事力がある。銃だってこちらの方が多いはずだった。まともに戦っては被害が大きいからこそのフローリン姫強襲ではなかったか。

じゃあ、どうするんだろう。この状況からどうにかやって一発逆転を狙うんだろうか。

どんな手ならここから逆転できるのだろう。

「ナロルヴァさん」

「せ、せめてナロルヴァと呼べ」

「ナロルヴァ殿」

そう呼んだら、首を絞められそうになった。

「なんでそうなる！」

「だって恥ずかしいじゃないですか」

「お前はー」

首を絞められそうになってガーディは慌てて言葉を探した。

「いや、それはともかくですね。敵が、グランドラ王が今から一発逆転を狙うとしたら、何がありえると思います？」

ナロルヴァはようやく手を止めて、それでもブツブツ文句を言いながら考えた。

「それはお前、やはり姫を狙うことではないか」

「でも、今の状況で敵はそれを狙えるでしょうか」

「前の戦いで懲りた。今度は大丈夫だ。万全の護《まも》りを用意している」

「じゃあ、敵は勝てないんじゃないかな」

「そうだと良いが……何か考えるところがあるのか」

「他に何かないかと、姫以外を攻撃して戦闘に勝つ手とか、あるいは姫を攻撃する妙手があるとか」

あるいは敵は、今逃げる算段をしているのかもしれない。絞りきれてはいないものの、候補を三つにすることはできそうだった。

姫以外を攻撃して戦闘に勝つといえば、イグノゴンド城を落とすことだが、これは非常に難しい。要塞線のせいで後方に大兵力を迂回《うかい》させることができないので、事実上不可能だろう。

兵糧《ひょうろう》を狙うという手もあるが、今回戦場が近場であることもあり、食料は自分でもって歩くように決められていた。となれば、姫以外は、なし。

やっぱりやるとすれば、姫を攻撃する手か、撤退か。

撤退してくれないかなあと思っていたら、目の前を滞空していたメイがこちらを見た。

「変な銃を持っている人間がいるって！」

「変な銃……？」

ナロルヴァと顔を見合わせた。覚えがない様子。

「えーと、どんな銃なんだろう」

「重そう、だって」

メイの言葉で、ますます分からなくなった。場所はここから先、四〇常《じょう》（144m）ほど先の構の中という。意外に近くではあるが、銃の間合いとしては、遠い。

「大きな銃って、どうですか」

ナロルヴァに尋ねると、難しそうな顔をされた。

「銃というものは渡来からこちら一〇〇年近い改良で今の形になっているんだ。その途中には大きな銃を作る鉄砲鍛冶《かじ》もいた」

「どうでした。その大きな銃は」

「だいたい破裂した」

増やした火薬の量に銃身が耐えられなかったという、さりとて火薬の量を減らすと、重さや作る手間の割に威力不十分になるという。

「それで廃れた。グランドラ王がそんなことを知らない訳がないと思うが」

「なるほど」

とはいうもの、何の意味もなく大きな銃を作ることも、敵近くに置くこともあるまい。どうしたものかと考えあぐねる内に、羽妖精《ピクシー》たちが次々続報をもたらしはじめた。

「敵は構に鑓兵《やりへい》を待機させているって」

「本当かい、メイ？」

「間違いなし！　一〇羽中四羽言っているよ！」

微妙に不安になる数だったが、大方六羽は居眠りしたり別に追いかけるものを見つけたりしたのだろう。

「鑓兵と大きな銃か。ともあれ、何かを仕掛けるのは間違いないな。シンクロさま、きっと僕の独り言は聞こえてますよね。判断してください」

しばらくすると、伝令が走ってきて、ガーディとナロルヴァに本陣まで下がるように命令が来た。

ナロルヴァと頷《うなず》きあい、構を走って後ろに下がる。構の中は雪が踏まれて解けて泥水になっていて、足の指がちぎれるほど冷たかった。板を敷きたいが、その板の材料になる木がない。長い戦乱と寒冷化は、このような形でも実感することができた。

曲がりくねること数十で、本陣についた。本陣は先ほどまでいたところから二〇〇常（七二〇m）は後ろにある。

いつか敗走の末にたどり着いた時のように、松明《たいまつ》が立てられており、その熱がありがたかった。履き物を脱いで、足を向けたい気分。

見れば陣のあちこちには小さな火鉢が据えてあって、諸将はそこで暖を取っていた。

「来たか。ガーディ。物見の話は聞いた。どう思う」

いきなりシンクロがそう尋ねた。フローリン姫は鎧姿《よろい》ではなく、防寒具姿である。鎧がないのでそういう格好になったのだろう。いつものような冷たく取り繕った顔をしているが、目があった瞬間、目の光が和らいだ。

ガーディはナロルヴァと並んで頭を下げ、膝をついた。

「グランドラ王が何かを仕掛けるのは確かだと思います」

「具体的には、どうですか？」

フローリン姫が尋ねてくる。思わず直答しそうになって、人間社会が面倒くさいことを思い出した。特に他の重臣たちがいるところでは。

「鑓《やり》に銃とくれば攻撃、それしかないと思います。それも鑓は構ではつかえません」

ナロルヴァ経由でそう言ったら、シンクロが牙のような犬歯を見せた。

「中々信じられん話だな。構から出て突撃を敢行すれば、銃で破砕されるのが末路だろうに」

シンクロの言葉で、ガーディは答えにたどり着いた気がした。

「それをどうにかできると思うから、準備をしているんだと思います」

シンクロはガーディの言葉に声を立てて笑って頷《うなず》いた。

「違いない」

このあたり、不機嫌になったりせずに受け入れる度量がシンクロにはある。シンクロは身を乗り出して、ガーディに顔を近づけた。

「ではどうする」

「敵は何らかの方法で銃兵を黙らせて鑓兵《やりへい》で突撃します。狙うのは本陣でしょう。構を飛び越えて走ってきます。敵の狙いもやり方も分かるのですから、やり方はあると思います」

「こちらも本陣前に鑓兵を伏せて置こう。ナロルヴァ、ガーディも本陣にて敵を迎撃せよ。ガーディの弓の腕、姫からよく聞いておる」

「ありがとうございます」

ナロルヴァが決意の面持ちで頷くのが、ガーディとしては心配である。それを悟ったか、シンクロは表情を緩めた。

「しかしこう、立場は武人大将なれど俺も親でな。だって恥ずかしいじゃないですかとか」

「わーすみません！」

「甘酸っぱすぎて戦の最中に狗櫞《クエン》を食べたかと思ったわ」

ナロルヴァが死にそうな顔をしている。

「いえ、あの、そんな変なことはしてませんから」

「分かっています」

そう言ったのは、フローリン姫だった。

「ガーディの権能《オーソリティ》は私がよく知っていますから。ともかく、また守ってください。〝ありえないお人好《ひとよ》し〟のガーディ」

すごい二つ名だなあと思ったが、〝勇猛果敢〟なんかよりは優しい感じでいいと思い直した。

本陣近くに配置されなおし、ナロルヴァの横で時を待つ。グランドラ王がどんな手で来るのか、興味津々《しんしん》である。魔法を使わずにどうやるのだろう。それとも、やはり魔法を使ってくるのだろうか。

足の指が凍傷にならぬように履き物を乾かし、時を待つ。ナロルヴァは手に斧槍《ハルバード》を持っている。鑓《やり》の穂先に斧《おの》がついたような武器で、この頃は街や要塞の衛兵と指揮官だけが持っていた。振り回せる分一人で多数を相手にできるのだが、密集して陣を組んで動く際は単に邪魔なものがついた鑓だったからである。

指揮官は大抵、味方が逃げ出さぬように後ろに陣取っていたから、斧槍を使うことができた。

斧槍を華麗に振り回し、ナロルヴァはガーディの姿を目で追った。考え事をしているガーディの横に立って、地面を蹴る、横に見る、終《しま》いにはガーディの肩を少し引っ張った。

「ガーディ、お前はその、フローリン姫をどう思う?」

「弱音を吐かないのはとても偉いと思いました」

「流石《さすが》だ。いや、そうではなく」

「責任感もありました」

「そうか」

会話が途切れた。ガーディはそうだと思い出して自分のステイタスウインドウを見せた。

「そう言えば権能を鑑定《アイデンティファイ》して貰《もら》いました」

「一人で姫を守ったのだから、それぐらいは……」

そのまま黙る。教師から丁《てい》（最低）の答案を貰ったような顔でナロルヴァはステイタスを見ていた。

「フローリン姫もだいたい同じような反応をしてました」

「この権能は……何というか、最低だな。こんなに使えない権能は見た事がないぞ。優しいだけって、それは権能か？」

「優しいだけじゃないですよ。どこまでも優しいです」

ガーディは自慢げにステイタスの権能欄を見せた。

権能：〈無限抱擁《インフィニットテンダー》〉：この権能を持つ者はどこまでも他者に優しい。

「あと羽妖精《ピクシー》はこの権能を最強最高だって言っていました」

「羽妖精」

ナロルヴァは白目を剥《む》いたが、直《す》ぐに自らを立て直して気遣うようにガーディの肩に手を置いた。言いづらそうに喋《しゃべ》りはじめる。

「フローリン姫はあれでお優しい方だ、この権能《オーソリティ》なら、お前にことさら親切になるのも致し方ない。責任を感じておられるのだろう。ゆめゆめ同情からくるものだということを忘れてはいけないぞ」

「僕、この権能気に入っているんですけど」

「そんなことを話しているんじゃない」

ナロルヴァはそう言った後、ちょっと笑った。

「あんまり落ち込んでないようで良かった。お前の面倒は私が見てやるから、心配するな」

次の瞬間に、銃とは比べものにならない大きな音がした。銃の音を雷が落ちるような、という者もいうが、そのたとえで言えば、これは轟雷《ごうらい》であった。

「来たか」

「多分」

ガーディはそう答えて、残りの矢が少ないことを気にした。一抱えもあったのに、今は一〇本ほどしかない。自分の出番があまりないことを願うしかなかった。

目をこらしていると、いくつもの煙が立っているのが見えた。それが今も増えている。それが射撃の音と連動していると気づいたのは、もう少し経《た》っての話だった。

煙が、幕のように視界を制限している。

「なるほど。あの煙で銃の射撃を無効化するのか」

さすがはグランドラ王と、ガーディは感心した。二之手、三之手を持っていて、その知略はつきることがない。

感心していたら、感心している場合かとナロルヴァが叱った。確かにその通りではある。

「鑓兵《やりへい》が突撃してくると思います」

「そうだな。ガーディ、お前は下がれ、視界が利かぬ、弓は無理だ」

「いやいや、ついていきますよ。だってナロルヴァ殿、死に急ぎそうだし」

ナロルヴァは少し顔を赤らめた後、敵の方を見て口を開いた。

「じゃあ、ついてこい」

煙の幕、略して煙幕《スクリーン》はどんどん前進し、ついにこちらまで届きはじめた。

周囲の視界が制限される中、敵の突撃が、始まった。と言っても、この煙幕の中では敵の喚声のみが突撃を知らせる全てであった。

まあ、視界が悪いせいで怖くないのはいいかな。

「密集陣を取れ！　敵の突破を許すな！」

ナロルヴァが横で叫んでいる。盾と鑓を構えての密集陣は、古代からの常道戦法である。

ただこの頃にはこの戦法は銃の出現で完全に廃れており、兵は手持ち用の盾を持っていなかった。だから、鑓のみの密集陣である。護《まも》りは堅いとはいえなかった。

兵力は十分だろうか。いざとなると色々不安になるなぁと思っていたら、肉と肉がぶつかり、鑓《やり》が臓腑《ぞうふ》を傷つける音が聞こえてきた。敵はこちらの鑓襖《やりぶすま》に真っ正面から突撃を仕掛けてきたと見える。

敵の最前列は全滅したと思ったが、戦いの音は鳴《な》り止《や》まず、敵が損害を無視して突撃しているのがわかった。こちらも盾がないので防御力は弱い。敵ほどではないにせよ、損害が出ているのは確実だった。

嫌な音が続く。事、この局面に至っては、ただ敵が目前に現れるのを待つしかない。耐えて待つこと幾許《いくばく》か、煙幕《スクリーン》の中に含まれる松ヤニのような匂いを嗅ぎながら、その時を待った。

心に思うことはナロルヴァさんを守ろう、それと、グランドラ王の戦の術《すべ》の見事さである。羽妖精《ピクシー》の空中偵察も、この煙で無効化されそうだった。さすがというかなんというか。悲鳴や怒りの怒号が近づいてくる。誰かが腹を割かれ内臓が飛び出したか、糞《ふん》のような匂いが松ヤニの匂いに混じりだした。戦争、これが戦争。

不意にナロルヴァが斧槍《ハルバード》を振るった。権能《オーソリティ》：怪力無双《ヘラクレス》のナロルヴァは切り落とされぬように柄の半ばまでを鉄にした、専用の斧槍を使用していた。普通なら重くて使いにくいそれを、特に険しい顔もせずになぎ払いに用いている。

一人の敵兵が鑓ごと背骨をへし折られてガーディの前に転がった。ナロルヴァの怪力《ヘラクレス》は凄《すさ》まじいが、すぐに六名の敵が煙の向こうから飛びだしてきた。ナロルヴァを強敵と思ってか、声を掛け合い三人ずつ襲いかかる。なぎ払いの隙をついて、残る三人が攻め寄せる計算であった。

それを、矢で妨害した。至近距離から三人の目を次々と射たのである。ガーディは顔をしかめつつ、他にやりようがないことを心の中で嘆いた。敵であっても、できれば傷つけたくはない。ナロルヴァを守るためとはいえ、心が痛む。フローリン姫がつけてくれた、母と同じ権能に恥じぬような人物に、どうやればなれるだろう。

弓を引きながら自分にはまだ力が足りぬと考えた。矢は、残り七本。

「やったな」

ナロルヴァが話しかけるそばから火縄の匂いがして、ガーディは伏せてと叫んだ。ナロルヴァの人間離れしたというか、オーク並の反応速度でなければ銃弾をかわすことはできなかったろう。

「鎧兵の命で時間稼ぎして銃を撃つ時間を稼ぐなんて、グランドラ王、卑劣だと思う！」

ガーディが喚《わめ》くと煙の向こうから笑い声とともに白刃が迫ってきた。

とっさに短剣を抜いて刃《やいば》を弾《はじ》く。シンクロに貰《もら》った短剣だったが、違和感があった。いや、それより……

「卑劣と言うのはな、小童《こわっぱ》、後ろで震えておる者をいうのだ。前に出て戦う者は卑劣ではない。たとえ、どんな手段を使おうとな」

刃渡り二尺と少し（七〇cm）の古風な直剣を振り、再度ガーディを狙った男はオークよりもオークのような体型をした、具体的には太った男だった。年の頃は四〇ほど。人間でいえばとっくに隠居という年齢なのだが、動きは素早く、年齢を感じさせぬ。

「なるほど。確かに卑劣というよりは、優しさがない」

「わはは、それが大事とでも言うか。小童《こわっぱ》」

横からナロルヴァが襲い掛かったのを、男はなんなく剣で払いのけた、とんでもない腕だった。おそらくは名のある武人であろう。ナロルヴァがあり得ないものを見たような顔をしている。

「グランドラ王……」

直立した狸《たぬき》がマントを羽織って剣を持っているという感じの男が、にやりと笑った。

「えー」

想像していた人と全然違うので、思わずガーディからそんな言葉が漏れた、いや、漏れてしまった。

男は剣の腹で己の肩を叩《たた》いた。

「えー、とはなんだ。死の間際とはいえ、わしと戦えるのだ。喜ばんか」

「もっと立派な人だと思っていました」

ムニ

「ぬかせ」

グランドラ王が剣を振る。ガーディが避ける、短剣で受ける。弓で受ければ弓が真っ二つになるような勢いだった。強く、早く、迷いがなくて矢を抜く暇もない。それでいて、ナロルヴァの相手もしている。

一般に射程が長いほど武器は強いとされる。これは白兵武器も同じである。よって斧槍《ハルバード》は剣より強い。

だが現実は、ナロルヴァとガーディ、二人がかりで一方的に押されている。

「二人がかりは卑怯《ひきょう》とは思わんか？」

「勝ってる方がいいますか！」

グランドラ王は実にいい顔で笑った。

「しらんのか。それはそれ、これはこれだ」

そこに一人のグランドラ王の部下と思われる者が加わってくる。

「助太刀《すけだち》いたす！」

「不要！　金貨姫の首を取ってこんか」

グランドラ王が助太刀を断った。ガーディの顔を見て、にやりと笑った。

「言った手前ではないぞ。なんだ。助太刀がなければまだ生き残れるとでも思ったか？うん？」

「生き残るだけでは足りないんです。ナロルヴァさん」

「そこは呼び捨てだろう」

「ナロルヴァの武器は複数相手に役立つと思います」

「分かった。お前が死んだら後追いする。だから生きろ。この際腕や脚は敵にやっても構わない」

ナロルヴァはそう言うと、もはやガーディを見ずに背を向けて走った。追撃しようとするグランドラ王の動きを短剣で止め、白兵戦に持ち込んだ。

剣で押しながらグランドラ王がいぶかしんだ。

「何故《なぜ》笑っている」

「なんだか彼女と心が通じた気がしたので」

「お前は女に性欲がないとでも思っているのか」

「意味がわかり……ません！　話が飛びすぎです！」

「心が繋《つな》がってるだけでは不十分というておるのよ」

グランドラ王が蹴ろうとするのを躱《かわ》し、流れるように突き出される剣を短剣で弾《はじ》く。よく考えれば剣で戦ったことなどなかった。ナロルヴァに練習で七戦やって全敗したくらいだ。

それでもなんとか戦えている。理由は二つ、一つ目は女の子が相手でないこと。もう一つは……

「真銀《ミスリル》の短剣に助けられているな。防護の魔法も一つや二つはついていよう。それこそ卑《ひ》怯《きよう》だと思わんか」

どうやらグランドラ王は、卑怯とか言われた事を、相当根に持っているらしかった。

「思います。でも、母が持たせてくれたものなので」

他に思いつく者がない。おそらく母ならではの厚かましさで、ガーディの知らぬ間に……おそらくは長老の元へ通う間に……シンクロに貰《もら》った鉄の短剣を魔法で真銀に変えたのだろう。ついでに防護魔法をいくつかかけていたに違いない。これが長老だったら一〇個くらいは防護の魔法を重ね掛けるはずなので、一個か二個なら力量的に母が一番可能性が高かった。

「ほう、良い母ではないか。ちと味見させてくれんかの」

戦いにおいて一〇〇倍の差でも冷静沈着で顔色一つ変えなかったガーディの顔が見る間に憤怒に歪《ゆが》んだ。短剣の持ち方を逆手に変える。

「殺してやる」

普段の態度をかなぐり捨ててガーディが言うと、グランドラ王は満足そうに笑った。

「人を卑怯者などというから、そうなるのだ。まあ、わしも言い返していい気分になった。小童《こわつぱ》にもう用はない。死ね」

これまでとは桁違いの圧と速度で直剣が振るわれる。ガーディは母に危害を及ぼすと聞いて怒り狂っていたが、それ故に冷静に対処した。怒れば血が頭に上るのではなく腹に下がる者がいて、ガーディはその口だった。冷めて冷静な頭で、グランドラ王を殺そうと考えた。

もとより弓で鍛えられ、動体視力は群を抜いている。身体《からだ》は追いつかずとも目はグランドラ王の剣に追いついていた。あとは短剣を動かせば、少々外れても魔法が補正してくれる。一合、二合と鋼と真銀が撃ちあうたびに火花が散り、魔法の存在を示す淡い緑色の光が散った。

不意に決着がついた。グランドラ王の剣が折れたのである。折れた剣がくるくる回って踏み荒らされた雪の上に落ちて、グランドラ王は後ろに飛んだ。

部下の銃兵が弾《たま》を装填《そうてん》して並んでいた。

「やっぱり卑怯じゃないですか」

「煉獄《れんごく》でなんとでも言え」

グランドラ王が手を振った瞬間に並んでいた銃兵六人が目を射貫《いぬ》かれた。白兵戦で手数の多いグランドラ王と距離さえ開けば、ガーディは自分のもっとも得意とする、弓で戦う事ができた。

最後の一本の矢をつがえ、グランドラ王に向けた。

「短剣だけでなく魔法の弓とは卑怯《ひきょう》だとは思わんのか」

「これはただの弓ですよ。そうそう、地獄でなんとでも言え、でしたっけ」

グランドラ王は左腕で目を隠しながら口を開いた。

「わしを殺しても部下の銃兵が小童《こわっぱ》、お前を殺す」

「そうですね」

グランドラ王はひどく親切そうな表情を浮かべた。年少者を思いやるような顔。

「わしはもう歳《とし》だがお前は若い、命の交換は惜しい話だと思わんか」

「思いません」

「自分の命を惜しめといっておるのだ。わしも兵を退《ひ》くからお前も退きなさい。これは老人としての心からの忠告だ」

「面白い人だとは思いますが、その手には乗りませんよ」

グランドラ王は笑い出した。本性むき出しの、怖い笑いだった。

「では運試しだな。お若いの。構わん、撃て」

しかし、銃声はしない。

グランドラ王の部下は、王の命を賭《かけ》に回したくない様子。王ほど胆力もなければ覚悟もなかった。

「こら、わしの命令は聞けと常々言うておろうが！」

後ろから現れた大柄の兵士が銃を退かせ、グランドラ王の奥襟を掴《つか》んで後ろに投げた。背は一尋《ひとひろ》をはるかに超え、八尺（２４２㎝）はあろうかという巨漢である。

「こちら、ラムマゴールである。一騎打ちを邪魔した件、お詫《わ》び申し上げる」

丁寧に頭を下げた兵士は歴戦の戦士か、剣で切られたか指が数本ない。顔は傷だらけで、それでいてあまり恐ろしい印象はなかった。山を思わせる静けさを纏《まと》っている。

「あとできつくけじめをつけさせるゆえ、どうぞお許し頂きたい」

けじめって何だろうと思う間に、ラムマゴール、即《すなわ》ちエルフ語で壁の剣士は頭を下げた。

「本来ならばそのまま貴殿を帰すのが礼儀だと思うし、売り言葉に買い言葉と思いはするが、とはいえ、主君を殺すと言われて黙るのは武人の名折れ、ついてはこのままこちらと戦って頂きたい。なに、他の者に手はださせぬ」

また強烈な個性の人だなと思いながらガーディは弓の狙いをつけた。相手は全身鎧《よろい》、木鏃《もくぞく》の矢では目を射貫《いぬ》くくらいしかないが、それくらいは敵も分かっていよう。同時に、魔法が掛かっているとはいえ、短剣で勝負するのは分が悪そうである。

「では、参る」

ラムマゴールはそう言うと裂帛《れっぱく》の気合いで剣を横薙《よこな》ぎした。剣風でガーディの前髪が揺れるほどの剛剣である。短剣で受ければ短剣が無事でも腕が折れるという勢いだった。

大きく後ろに飛んで距離を取りながら回避する。グランドラ王といい、この剣士といい、時代遅れもいいところの剣の使い手だった。それも凄《すさ》まじい力量である。

ラムマゴールは急いでいないのか、ガーディをのんびり追いかけながら言った。

「しかし、なぜ弓のような古風な武器を使われる？」

「それをいうならラムマゴールさんだって、なんで剣で戦っているんですか。こんな時代に」

ラムマゴールは頷《うなず》いた。五尋《ごひろ》（９ｍ）ほども跳躍して剣を振るった。地面が割れ雪交じりの泥水が飛び散った。、近づく敵味方の兵を一撃で切り倒し、ゆっくりと近づいてくる。

グランドラ王も強いと思ったが、この人物の方が数段戦闘力は上のようだった。上には、上がいる。

「そう、こんな時代になってしまった。だがかつてはそうではなかった」

思い出したようにラムマゴールはそんなことを言う。

「銃が普及したのがこの一〇〇年なので、その前から、ですか」

「さすが、エルフの養嗣子は違うということろか」

「分かるんですね」

ラムマゴールは唇をまくり上げて笑った。

「どんなに隠そうとしても美しいエルフ語の片鱗《へんりん》は出る」

エルフ語に堪能《たんのう》で巨大となると、思いつくものは限られる。

「ラムマゴールさんは……そうか、巨人族なんですね。丘巨人《ヒルジャイアント》……でしょうか」

ガーディは推理を口にしたが、自信はなかった。巨人の背は一般に五尋（９ｍ）というからである。ラムマゴールはその基準で行けば背が低すぎる。

答えはすぐに、本人の口から出た。

「左様。こちら、何代も静州にて墓守をしていた丘巨人の末裔《まつえい》である。人間たちは親切で、それ故巨人の血も人と交じった。こちらで六代目になる」

静州はグランドラ王の本拠、沿海州の西隣である。丘巨人はエルフに並んで長命なことで知られていた。その力と長命からくる経験から、元々は人間たちから神とあがめられた種族である。エルフとも親交が深い。

「なるほど。グランドラ王は人間至上主義者と聞いていましたが、例外もあったんですね」

「いや、例外はない。ラムマゴールは一五〇年働いて、いまだ、ただの兵である」

そう言いながらラムマゴールは剣を振る、ガーディは下がる。喋《しゃべ》っている相手を殺す気にもなれず、押しに押されて、一〇〇常《じょう》（３６０ｍ）ばかり離れた戦場からも本陣からも外れた場所に出てしまった。周囲に人影はなく、戦いの音も遠くに聞こえる。

「これぐらいで良いか」

ラムマゴールはふと笑うと、剣を落として座り込んだ。最初からこうすることを決めていたようだった。

「もう良い。これで王が死ぬことも、貴殿が死ぬこともあるまい。我が首を取って手柄とされよ」

「いやいやいや」

ガーディも武器を下ろした。そもそも発想として首が手柄など夢にも思っていなかった。

「戦うのが嫌なら、戦わないでいい場所に移住すればいいと思います」

「先ほどまで干戈《かんか》を交えていた敵に心からの親切で移住を勧める。これがガーディ、という人物であるか。それとも、その権能《オーソリティ》の力か」

「権能が見えるんですね。ええと、イントラシアのお姫様が言うには僕の権能には力なんてないそうです。僕は気にしませんけど」

ラムマゴールは少し微笑《ほほえ》んだ。

「その権能は、古来聖賢が持っていた伝説的な権能である。現代においても、案外強いかもしれぬ」

「優しいだけですよ」

「優しさに頼るしかないものもいる」

ガーディは座り込んだラムマゴールを見た。長い戦いの末に疲れ果てた彼も、あるいはその一人だったのかもしれぬ。

「移住しましょうよ。ラムマゴールさん。戦わないでいいところに。死なないくてもいいじゃないですか」

「そんな場所が、一四州のどこにある」

「なければ作ればいいんです。別に大きな国でなくてもいい。僕の故郷はエルフの里ですけど、今年までは数百年平和でした」

「若いな。いや、それが悪いわけではない。だが、こちらは歳《とし》を取り過ぎた。そこまで楽観的になれぬ。殺せぬというのであれば捕虜になろう。さすれば幾許《いくばく》かの金になる」

「やりませんよ。人が人を縛《いまし》めるなんて禍々《まがまが》しい」

「エルフとて罪人はいよう？」

「エルフなら魔法でどうにでもしますよ、そんなの。でも僕は人間なので、魔法以外でどうにかします。魔法がなくたって自分の脚で歩いて行けばいいんだ。捕虜もいりませんし、誰かを害して手柄を得ようとも思いません。そもそもラムマゴールさんは罪人じゃない」

　そう言って戦場に戻ろうとしたら、止められた。

「待たれよ。我が主《あるじ》、グランドラ王は優秀である。貴殿が抜けた穴を突いて、すかさず猛攻しているであろう。もはやグランドラ王がフローリン・イントラシアを討ち取っているはず」

　ラムマゴールと戦っていた時間は半刻もない。それでナロルヴァを倒し、シンクロを切り伏せられるだろうか。

ガーディはイントラシア勢の無事を願いながら口を開いた。

「どうでしょう。まだ分かりません。メイ」

呼んだら羽妖精《ピクシー》のメイが現れた。姿を消していたようである。

「はーい。んー。確かにお姫様あぶないかも」

「走っても間に合わないかな」

「無理だよ。一〇〇常《じょう》（三六〇m）はある」

「じゃあ、ぎりぎりだね」

深呼吸して一本きりの矢をつがえ、心臓の鼓動すら操りながら意識を落とし、ガーディは滞空するメイに告げた。

「妖精管制間接射撃《ピクシーファイアコントロール》（PFC）戦用意」

「アイアイサー」

羽妖精のメイは表情を消して各所にある羽妖精たちの報告を読み上げはじめた。

「西から微風、吐息の四倍。距離一〇〇常三尺二寸。鑓兵《やりへい》。頭は地上から六尺一寸《ちょっと》」

限界まで振り絞り、弓が折れるのではないかというほどたわませて、ガーディははるか空を狙った。

「角度よし」

ガーディは矢を放った。弦《つる》がいつまでも揺れている。そのまま心を残して、矢の飛んだ方を見た。もはや目に見える距離ではないが、ガーディはそれでも矢の向かう先を見た。

＊

フローリン姫は目前に鎧兵が迫るのを冷静に見ていた。鎧《よろい》がないのは少しばかり怖かったが、肩が軽いのは悪い話でもなかった。

シンクロが剣を振るいだした。

「姫、お下がりください」

「下がりません。一度の戦いで二度敗走するわけにはいきません」

一度は運が悪かったで済むが、二度は部下の失態となる。下がればシンクロたち重臣は父王の命により揃《そろ》って自害の憂き目に遭うだろう。連座してナロルヴァやガーディも死罪となる可能性はある。

それぐらいならと、フローリンは息を吐いた。シンクロの脇を抜けて突撃してくる鎧兵を見た。

次の瞬間、左から飛んできた矢が鎧兵の頭を斜め上から吹き飛ばした。鎧兵が転倒し、兜《かぶと》がフローリン姫の横を通り過ぎた。

地面に落ちた矢を見てフローリン姫は口に手を当てて笑うと、立ち上がった。

ガーディ、逃げれば良かったのにと思いつつ、【無限抱擁《インフィニットテンダー》】という権能《オーソリティ》の効果を思う。

諦めて折れそうな総大将《フローリン》の心が、無限の優しさに触れてもう一度奮起した。

「どれだけ離れていても、古い武器でも、援軍を送ってくる者もいます。奮起をなさい」

「押し返せ！」

シンクロが敵の兵の鑓《やり》を奪って振るいながら叫んだ。

フローリン姫の横に羽妖精《ピクシー》が姿を見せた。

「姫に伝言。各前線から味方が兵力を引き抜いてこちらに派兵中。もう少し待ってて、だって」

「それは、ガーディから？」

フローリン姫はそれが最も重要な事であることのように尋ねた。

羽妖精は緑色の光をまき散らしながら頷《うなず》いた。

「他に羽妖精を使う人なんかいないよ？」

「そうですよね」

フローリン姫は頷くと、前を見た。その後は何も言わなかった。

＊

弓を下ろしたガーディの元に、何十、何百もの羽妖精が出現しては戦況を報告し始めた。

羽妖精たちは【無限抱擁】の効果で、どんなに離れていてもガーディの位置を正しく認識出来るらしく、転移呪文を駆使して続々とひょっこり姿を現していた。

使い道がないと言われる羽妖精が何百も集まって、だからどうしたという話ではあったが、ガーディはここから状況をひっくり返そうとしていた。

淡い光がたくさん集まって眩《まばゆ》いほどになるのを、ラムマゴールは呆然《ぼうぜん》と眺めている。

「神話の時代が、戻ってきたようだ」

「羽妖精は昔、たくさんいたんですか」

ガーディの質問に、羽妖精たちがいたいたー、と答えた。

「猫くらいいたよ」

「かなりいるね」

「でしょー」

ガーディは羽妖精たちと話しながら、各所に伝令を送った。フローリン姫を救出しに行かねばならぬ。

それにしてもグランドラ王の戦上手《じょうず》なことよ。今度は、今度こそはと前より早めに動きを察知してできうるだけの戦力を配置したのに、それでも本陣が落とされかけている。

「すごいなグランドラ王」

母を侮辱した点は許せないが、戦の術《すべ》は凄《すさ》まじいものがある。今度はいけると思っていたが、まだ足りぬ。

魔法も権能《オーソリティ》も使わず、他の種族の力すらほとんど借りずによくもまあ。

「いや、まだ決着はついてないぞ」

ガーディは呟《つぶや》くと矢継ぎ早に味方に羽妖精《ピクシー》伝令を出し続けた。本来一小納戸《こなんど》役であるガーディごときの指示で各部隊が動くわけもないのだが、この時は姫の身が危ないということと、幸運をもたらし呪《のろ》いをかける羽妖精のお告げということで、多くの部隊が指示に従って姫の元へ急いでいる。古くからの迷信深さが、この戦いで決定的な役割を果たした、といえなくもない。

各部隊が指示を受けて個別に動いたせいで五月雨《さみだれ》式に本陣に到着し、グランドラ王と交戦を開始した。各個撃破の危機ではあるが、今この時点で最良の手はこれだった。むしろ、これしかなかった。

無様《ぶざま》な戦の術だ。

ガーディはそう思いながら自身も本陣へ、フローリン姫の元へ歩き出す。これに生き残ったら、本格的に戦の術を磨きたい。いつかはそう、グランドラ王だって負かすくらいに。

ガーディが振り向くと、なぜだかラムマゴールもついてきた。

「あの、ラムマゴールさんはついてこなくても」

「そういうわけにもいかぬ。首を取って貰《もら》わねばな」

「いやいやいや、僕の田舎《いなか》なんかエルフもいますし結構いいと思うんですけど。生き残ったら紹介状でも書きますよ」

「心遣いはありがたいが、我が王は強い。戦えば、貴殿は死ぬ。悪い事は言わぬ。ラムマゴールの首を取って、どこかに落ち延びられよ。その権能、失うには惜しい」

「たとえ負けても落ち延びたりはしませんからね。僕は誰かを見捨てたりしないんです」

他に言いようもない。

本陣に舞い戻る。ラムマゴールに捕虜のふりをして貰い、座って貰ってナロルヴァやフローリン姫のところに舞い戻った。

若干押し戻したが、敵味方ひしめき合って二列三列でぶつかり合い、姫から三尋《さんひろ》（5・4m）ほどの距離で戦っていた。

「遅れました」

「ばか、来なくて良かったのに」

ナロルヴァが敵の鑓《やり》を振るいながら言った。元々使っていた斧槍《ハルバード》は折れてしまったらしかった。

フローリン姫はガーディの姿を見て、小さく手を振った。

「ありがとう、ガーディ」

「いえ、まだです。もう少し頑張りましょう」

とはいえ、ガーディの手持ちの武器である短剣では、いかんともしがたい。どうやって味方しようかと考えていたら、一際大声で悲痛な声がした。

声がしたのは敵方、声を出したのは後ろにいたグランドラ王だった。

「ラムマゴール！　なんてことに！」

慌ててラムマゴールを見たが、彼は縛られているふりをして座っているだけだった。さすがにこの状況で捕虜を無体に扱う者もいない。戦いに夢中、というか、戦うのに忙しい状況だった。

しかしグランドラ王はこの世の終わりのような顔をして、こちらに手を振っている。

「お若いの、そう、そこのお若いのだ」

敵味方がガーディを見た。自分を指さし、グランドラ王が、そう、そなただと言うと、ガーディは声をはりあげた。

「戦いの途中になんでしょう？」

ナロルヴァが顔をしかめ、シンクロが戦いながら爆笑しているが、他に言いようもなかった。あるいは武人にはこういう時の言い回しがあるのかもしれないが、ガーディは知らない。

「取引をせんか。そこのラムマゴールは先々代からの家臣でな。こんなところで殺すのは惜しい。引き渡してくれれば撤兵しよう。もちろん追撃されると困るから、そこのところを確約して貰《もら》おうか」

「厚かましい人だなぁ」

「こっちが勝っておるのだ、それぐらい譲歩せんか」

正直、戦にはなんら興味がないのでその条件を呑《の》んでも良いと思ったが、ガーディにはなんの権限もない。それで、フローリン姫を見た。

フローリン姫は背伸びして、グランドラ王へ大声を出した。

「いいでしょう。条件を呑みます。このガーディの権能《オーソリティ》は〝無限抱擁《インフィニットテンダー》〟。彼がその捕虜を責任持ってお届けします」

「ありがたい！」

無限抱擁の権能には約束をする際に信頼があるらしいことをガーディは知った。なんだ、やっぱり僕の権能は役に立つじゃないかという気分である。

「姫、ガーディの権能を敵に漏らすのは……」

ナロルヴァが苦言を呈すると、フローリン姫は表情も変えずに口を開いた。

「敵のステイタスウインドウの確認は戦いの基本です。グランドラ王がそこをぬかるわけもありません。おそらくは分かった上でガーディに声を掛けたのでしょう」

なるほどなあとガーディはグランドラ王を見る。

　グランドラ王は本当に嬉《うれ》しそうだ。ガーディはラムマゴールに近づいて耳打ちしてみた。

「聞いた話と違って随分部下思いみたいですけど」

「こちらも、いささか驚いている。そもそもこちらと言葉を交わしたこともなかったはずだが」

「一度話し合って見たらどうでしょうか」

「エルフにはない、身分というものがある」

「人間社会面倒くさいですよね。まあでも、僕、グランドラ王を見直しました。ラムマゴールさんはどうですか」

　ラムマゴールは考えたあと、少し微笑《ほほえ》んだ。

「死ぬのは、少しあとにしてもいい」

　ガーディは立ち上がると、口を開いた。

「タウリエルの子、タウルガディー、申し出を引き受けました」

　エルフ語での回答である。こちらの方が格調高いと判断しての行為であったが、実際にそうだったらしく、敵味方の重臣は納得した顔をした。かつて人間たちにものを教えたのがエルフであり、今もエルフ語があちこちに残っているという事を証明するような出来事であった。

休戦宣言直後に、羽妖精《ピクシー》に伝令を頼んで集めていた味方の兵が続々到着した。

「おうおう、ちと到着が遅かったら危なかったのう」

これ見よがしに休戦を示すように、穂先に兜《かぶと》を乗せ林立する鑓《やり》を掻《か》き分けて、グランドラ王はそんなことを言った。

フローリン姫は怒りの表情を見せたが約束は約束として守った。

護衛と称してグランドラ王に倍する兵で囲み、領外まで護送するのである。道中領内で略奪をされては困るというのと、いつでも包囲戦に移れるということを示すためだった。

この時ガーディはグランドラ王に請われて、その横を歩いている。案内人という名目であったが、実際は人質のようなものであったろう。当時のガーディにはイントラシアでの身分や序列的に人質になるほどの価値がなかったためグランドラ王が気に入って同行させたという説が主流であるが、それだけではあるまい。

当時、イントラシアの沿海州とグランドラ王の所領である静州の間には街道が整備されていない。たまに旅人や使者が通るような、獣道のような海沿いの道を、大軍勢が歩いていく。

「いや、戦いの中の駆け引きとは申せ、そなたの母を侮辱した点、許されよ」

人の良さそうな顔で、馬上のグランドラ王はそんなことを言う。率先垂範と称し行軍においても先頭を進むことを常としていたグランドラ王であるので、この時もそうだったに違いない。

一方ガーディは馬を貸されて、今はグランドラ王と同じ馬上の人であった。

「許せと言われれば許しますが」

「そう怖いことを申すな、貴殿とわしの仲ではないか」

馴《な》れ馴《な》れしいことこの上ない態度でグランドラ王は言った。言った後で、にやりと笑う。

「しかし、惜しいことをしたな。あの援軍さえなければ、イントラシア西辺境部はわしのものになっていたろうに」

「援軍ですか」

「謙遜せずともよい。お前が集めたのであろう。あの兵を」

羽妖精《ピクシー》で伝令して集めた兵かとガーディは理解した。あの時休戦せずに、もう少し粘っていればグラングランドラ王の首を取れたと多くのイントラシア将兵が思っていたろうが、グランドラ王も同じような認識であった。

凄《すご》い人だなと、ガーディは思う。

エルフも人間も、あと少し、もう少しとかじりついて失敗するものである。ラムマゴールのことはあるにせよ、あの局面で撤退を決断する胆力は凄《すさ》まじいものがあった。

「味方が集合するよう、伝令は出したのは認めます」

そう答えたら頷《うなず》かれた。

「たいしたものだ。どうだ。このままわしの下で働かないか」

グランドラ王は、至って真面目《まじめ》な顔だった。それどころか、さらに言葉を続けた。

「なんなら母をわしにくれ」

「力一杯嫌です。何言っているんですか！」

事、母に関することには権能《オーソリティ》も効果を及ぼさぬようで、ガーディは瞬間的に怒り狂った。

それをグランドラ王は人の良さそうな顔でいさめる。

「冷静に考えてみよ。ガーディよ。お前の母がわしの妻になればお前はわしの子になるではないか。王子だぞ、王子。イントラシアでどんな生活をしているのかしらんが王子ほどの地位は持つまい」

あーなるほどと、ガーディはフローリン姫に聞いた話を思い出した。子供が一五〇人とは、ようはこうやって集めた子であろう。王子にふさわしい格式となれば金はかかるが、親子ともなれば裏切る可能性も低いから、中々良い手に思えた。

「なるほど。謎は解けましたけどダメですよ」

「何の謎だ。しかし惜しいな。心変わりしたらいつでも来なさい」

虫の良いことを親切そうに話してあまり反感を持たれないのが、グランドラ王という人物の偉大なところかもしれぬ。見方を変えれば外見だけでなく中身まで狸《たぬき》である。

「また会おう。おぬしはわしの宿命の敵のようだ。次は負けぬぞ」

後の世にまで残る有名な言葉であり、未来を予見する言葉を吐いて大笑いし、手を振って去り行くグランドラ王を見て、ガーディはまだ懲りていないのかと感心した。自分はもう、戦いは十分だった。できれば二度としたくはなかった。

その後はイグノゴンド城まで戻り、日々の生活に戻った。小納戸《こなんど》役としての日々の再開である。戦で減ったあれやこれを買い足し、自身のものとして矢を作って許可を得てナロルヴァの倉に入れた。

七日ほどたって羽妖精《ピクシー》たくさんと一緒に寝る生活にも慣れた頃、城からお呼びがかかった。

「新年でもないのになんでしょうね」

「何を寝ぼけたことを言っているんだ。論功行賞に決まっているだろう」

ナロルヴァはあきれたようにそう言うが、ガーディは論功行賞などと言われても対応するエルフ語がないので想像ができなかった。

二人揃《そろ》ってイグノゴンド城の表、即《すなわ》ち政務を行う場所に向かう。いくつもの広間を繋《つな》げた勘定方《かんじょうがた》という部署の部屋では、大量の勘定役が計算をして記録をまとめていた。

「あれは何をやっているんですか」

「勘定役がやっているんだから勘定に決まっているだろう。戦費の計算や戦場での徳政の計算だ」

徳政とは、税の減免の事である。イントラシアでは早くから戦地になった場所の税の減免が行われていた。人口の変動に合わせた税の変更も事細かに行っている。これらの処理を行う官僚である勘定役は武人より権限を持つことがあった。

小納戸役とはいえ、半分ほどは勘定役の仕事もやっているガーディとしては、仕事内容が気になったが、ナロルヴァはガーディの手を引いて、いいから来いと引っ張った。

「姫の元に行くのが遅れたら、大目玉だぞ」

「そうなんですか」

ガーディの返事にナロルヴァは歯を見せて怒ったが、人間社会面倒くさいなという感想しかない。

続きの広間の先、小広間という場所があって、そこに至る廊下には武人たちがおしゃれをして長い行列を作っていた。ナロルヴァやガーディと同じく、仲の良い者同士で談笑しながら順番を待っている。

「多いですね」

「いや、我々は後の方だから、かなり少ないと思うぞ」

ナロルヴァの返事にへー。と声を出した後、そっといたずらに行きそうなメイをぺちっと叩《たた》いて止めた。

「羽妖精《ピクシー》まで連れてきたのか」

ナロルヴァの言葉に、羽妖精のメイは鼻で笑った。

「私《あたくし》、旦那の一番（の部下）ですので」

「聞こえの悪いことをいうな。一番（の上司）は私だ」

「何を言い争ってるんです？」

「旦那、お給金貰《もら》ったら服買ってください」

「羽妖精って服をあげると正式な主従関係になるんだっけ」

「はいっ。流石《さすが》旦那、古流にも通じていらっしゃる」

正確には、古いことばかりに詳しいのがガーディである。今だ人間社会の様子は慣れぬ。

ナロルヴァはガーディの耳を引っ張った。

「なんですか」

「私にも何かを買うのはどうだ。服はともかく小物とか」

「なんでです？」

ナロルヴァはさらに耳を引っ張った。引っ張っているうちに、順番が来た。

楽士が緩やかな音楽を流す中、広間の奥にフローリン姫がいる。いつものように取り繕った冷たい顔をしているが、目の奥が優しく揺らめいた気がした。純白と金のドレス姿はとても美しいが、もっと可愛《かわい》らしい格好の方がお姫様の趣味であろう。好きな格好一つできないのだから、まったく人間社会は面倒くさい。

「ナロルヴァ」

ナロルヴァは膝をついて、頭《こうべ》を垂れた。

「このたびの失態、どんな罰も甘んじて受ける所存です」

フローリン姫は優しい顔を見せた。

「グランドラ王の突撃の際は見事に奮戦し、私を守ってくれたではありませんか。一つの失敗は一つの成功で返せば良いのです。ただし、褒賞はありませんよ」

「当然かと」

ナロルヴァがしょげて頭を下げている。褒賞は大事らしいと、今までそういうものを貰ったこともないガーディは思った。彼にとっての最大の褒賞は母から頭を撫《な》でられることであった。いや、彼にとってはそれで十分だったのだが。

母を思い出し、微笑《ほほえ》んでいると、自分の名が呼ばれた。

ナロルヴァの真似《まね》をして膝をついてみたが、正しいかどうかガーディには分からぬ。

「タウリエルの子ガーディ」

「はい」

フローリン・イントラシアはガーディだけにしか分からないくらいのいたずらっぽい顔で、優しく言った。

「ナロルヴァには褒賞として、あなたからなにか贈るのはどうでしょうか」

「なんでです？」

羽妖精《ピクシー》じゃあるまいしと続けて言いかけたら、広間の皆が笑った。特にシンクロは目に涙を溜《た》めるほど面白がっていた。

ナロルヴァは顔が真っ赤であり、あとで見ていろという目だった。姫も我慢できず、楽しそうに笑った後で、瞳の奥にある扉をきつく閉じたような顔をした。ガーディと親しい自分に蓋をするような、そんな顔だった。

「ガーディはまだ幼いのですね」

「あ、人間には何か意味がある行動なんですね」

そう言ったら、シンクロが今度は頭を抱えた。ナロルヴァは冷静になってため息をついている。

「そうですね。その意味については、誰かに説明させましょう。さて」

フローリン姫は居住まいを正した。

「ガーディ、あなたは良くやりました。あなたはこの戦いで一番功績をあげたかもしれれません」

「そうなんですか？」

そう言ったら、また広間の皆から笑われた。フローリン姫は優しく笑って、口を開いた。

「ええ、そうなの。人間だけどエルフのガーディ。あなたはそれとしらず、大活躍をしました。私を守って敵兵一〇〇を退け、敵襲を一度ならず予想し、グランドラ王と直接戦い一度は退け、遠くから弓で私を護《まも》り、さらには休戦のきっかけまで作ったのだから」

ガーディは苦笑した。褒められて嬉《うれ》しくはあるけれど、という顔。

「いいえ、グランドラ王には……戦の術《すべ》はまだまだです。エルフの術と違ってこれなら一番になれるかもと思っていましたが、道は遠いなあと思いました」

とはいえ、人間の寿命のうちに一番になれるかもしれないと、思ったのは確かである。ガーディの人生の中では、これがはじめての、自分でも一番になれるかもしれないという事柄であった。後の大軍師はここより頭角を現すとされる。

フローリン姫は笑うと、少しだけ気の毒そうに口を開いた。

「でも、同時にあなたの権能《オーソリティ》は戦いにとても向いていないことが分かりました。反論はあると思いますが、聞きなさい。ガーディ。権能は絶対。本人にどうにかできるものではありません。今後敵はあなたの優しさにつけ込むでしょう。そしてあなたは、それが罠《わな》と分かっていても優しさを選ぶに違いありません。武人としての先はないと判断します」

自分を武人とも思っていなかったので、その判断についてなんら依存はなかった。戦の術《すべ》については今後も勉強して磨いてみたいとは思っていたが、実際使おうとは思っていなかったのである。

しかし、その話が褒賞の話にどう繋《つな》がるのか、ガーディにはさっぱり分からない。

フローリン姫は世話焼きさんの表情を一瞬だけ見せて、冷たい表情で言った。

「それで、褒賞ですが、勘定方《かんじょうがた》とも話し合って以下のように決めました」

「はい」

「タウシノの土豪ガーディ、あなたをタウシノの領主とし、徴税権を与えます」

「あの、うち、というか、タウシノは貧しくてですね」

「検地でもそのような話になっていました。だから、誰も反対しませんでした。今後の活躍を見込めないし、兵を率いることも難しい、しかし功績は確かにある、という話での決定でした」

シンクロが横から口を挟んだ。

「つまりは隠居料だ。お前は故郷に帰って良いし、タウシノからの税はイントラシアに入れないでもよい。永年無税だ。これでわかるか」

ガーディは顔を上げた。それは嬉《うれ》しい話であった。故郷に無税と報告したら、皆喜ぶであろう。

「ありがとうございます！　こんなに嬉しいことはありません」

「そう言うと思いました。本当に欲がない……」

フローリン姫はどこか不満そうに横を向いた。

「本来ならば城に取り立て、しかるべき役職、例えば私の御家人《ごけにん》に、とも思いましたが、勝手の分からぬ人間の城よりも、エルフの森の方が幸せに暮らせるにちがいありません。だから……許します。帰って、自由になって、そして静かに生活をしなさい」

「はい。十分です。ありがとうございます」

ところで、なんで悲しそうだったり不満そうだったりするんですかと尋ねかけ、ガーディはナロルヴァに腕を引かれた。

「終わりだ。行くぞ。次がつかえている」

それもそうかとガーディは歩き出した。姫は論功行賞で疲れているのだろうと思った。


それから数日かけて、土産《みやげ》を買い、帰り支度をした。土産は米と塩《サール》である。タウシノでは貴重品で、喜ばれるのは間違いなかった。餞別《せんべつ》としてシンクロから貰《もら》った金を全部使って米を買い集めた。

故郷に帰る日、ナロルヴァとシンクロが門まで見送りに来た。いつか世話になった門番に挨拶して、二人の方を見る。

「もっと見送りに来られれば良かったのだが」

ナロルヴァの言葉に、ガーディは笑って手を振った。頭の上に乗っていた羽妖精《ピクシー》のメイがこぼれ落ちそうになった。

「いやいや、僕と親しくしてくれたのは。ナロルヴァさんとシンクロ様だけでしたし」

「エルフの里には戻れないと言っていたが」

シンクロの言葉にガーディは頷《うなず》いた。

「ええ、長老との約束があるので戻れません。でも、近くに住むことはできそうですし、遠くから母の姿を見ることはできるでしょうから」

「そうか。何か手伝いをしてやれればいいのだが」

「エルフのしきたりなので」

「まあ、男子が母と離されるというのは人間にもある」

シンクロはそう言った後、小さく咳払《せきばら》いをした。

「なんなら、ナロルヴァでも連れて行くか」

「おやめください」

ナロルヴァはそう言って、口に拳を当てた。

「まあでも、お前がどうしてもというのなら……」

「あれ？」

ナロルヴァに首を絞められそうになりながら、ガーディは視線を向けた。ナロルヴァも釣られて同じ方を見る。

町娘……にしては立派な、装い、ひらひら、ふわふわ、紐飾り《リボン》たくさんの可愛《かわい》らしい服を着た金髪の少女がこちらを見ている。

「フローリン姫……」

「そんな人はここにいないよ？」

フローリン姫はそう言って、そっぽを向いた後、大変不本意そうな顔で近づいて来た。

「予想以上に寂しい旅立ちだったので驚いた」

「そうですか？」

「うん」

ガーディは頭の上に乗っているメイに指先で合図した。

頭上を飛んでいる五〇〇の羽妖精たちが一斉に姿を見せた。光輝き、それぞれが花や花びらを撒《ま》いて喇叭《らっぱ》を吹いている。

ガーディはもう一度合図して羽妖精たちを一斉に消した、というより人の目から隠した。

「えーと、目に見えないだけで実は結構寂しくないというか、大騒ぎというか」

「これだからエルフは！」

私の感傷と心配を返せと言う顔でフローリン姫は言った。

「いや、エルフの里でこんなに羽妖精《ピクシー》連れていたら本気で怒られるんですけどね」

ガーディはそう返して、ちょっと笑った。

「そうだ。お姫様じゃなくて、お姫様みたいな娘さんに質問があります」

「なに？」

不意を打たれたような顔でフローリン姫は尋ねた。

ガーディは大丈夫、怖くないよと小声で言って、言葉を続ける。

「最初に会ったとき、僕を不採用にした理由を聞きたくて」

瞬間、フローリン姫の瞳に隠しきれない期待の光が浮かんだ。

「未練がありましたか？」

「いえ、全然。里に土産《みやげ》話をしたくて」

イントラシア風に言えば、釣り逃した魚は大きいと、そんな話をしたいんですとガーディは言った。

フローリン姫は傷ついたような顔をした後、横を向いた。

「ならば、その役にはあまり立てませんね。ガーディ。私が貴方《あなた》を不採用にしたのは……採用すればあなたを不幸せにすると思ったからです」

「不幸せ、ですか」

言葉が元に戻っているのを残念に思いながらガーディは言葉の続きを待った。

「イントラシアは蛇蝎《だかつ》の巣、私には一〇人の兄妹が居ましたが、生き残ったのは私を含めて三人。多くが政治的陰謀に巻き込まれて暗殺されました。シンクロは人間の世界を知らぬあなたなら大丈夫だろうと推薦しましたが、私には……」

フローリン姫はガーディを見た。瞳の奥の固く閉ざした扉が開きそうになっている。

「私には、それが、どうにも醜いことのように思えました。人を騙《だま》して危険なところに追い込むような、そんな気がしたのです。それは今も間違っていないと思います」

そしてフローリン姫は瞳の奥の扉を、今度こそ固く閉ざした。二度と開いたりしないように。

「それだけです。もう故郷へ帰りなさい」

それきり何も言わなくなった。

ガーディは何か言いかけて、シンクロが首を横に振るのを見た。

それで自分も黙って、頭を下げる。

「今までお世話になりました」

故郷に向かって、歩き出した。一〇〇歩。二〇〇歩。

そのあと頭を掻《か》いて、フローリン姫のところに走って戻って行った。言い訳は二〇〇歩歩く内に考えていた。すなわち、僕の権能《オーソリティ》が暴走しちゃって、である。そしてやっぱり僕の権能は役に立つなあと、そう思った。

歴史的補講

ファンタジック・ガーディは故郷に帰ることはなく、そのままフローリン姫の近侍《きんじ》となった。他方ナロルヴァの居候でもあり、小納戸《こなんど》役もそのまま引き受けた、とされる。古来ガーディは軍師として名高いが、その最初は弓兵としての活躍であったことはほとんど知られていない。彼が名を轟《とどろ》かせるのは翌年に起きるリエメンとの戦い、続くイントラシア内戦からである。

この頃のガーディは、先に何事が待ち受けているかもよく知らず、フローリン・イントラシアが悲しそうな顔をしたというだけで、故郷に戻る機会をふいにした。そういう意味で未来の大軍師は、皆から思われるほど深慮遠謀の人ではなかった。しかし、後の人々から称賛されるにふさわしい心根は、既にして持っていた。

あとがき

芝村《しばむら》さんの知識を生かしてください。

小説とかマンガ原作を書くとき、依頼の言葉はだいたいそんな感じだったりします。芝村です。ＭＦ文庫Ｊではじめましてになります。普段は企画コンサルティングをしつつ、ゲーム関係の仕事をやりつつ小説やマンガ原作もやっています。

で。知識を生かしてくださいと言われても、私はそれが良く分かりません。各種の論文をもとに最新の知見を生かして書いても、ボツになるときはよくあります。大人の世界って、言葉通りに取ってはいけないってことですね。注意しましょう。

とか書いてますが、今回この本は、知識を生かしてくださいなど一言も言われない珍しいケースでした。依頼の内容はファンタジーな戦記ものが欲しいというというものです。あと芝村さんなんでゲーム要素がちょいちょい欲しいというものでした。

戦記物っていうとあれだろ平家物語だろ。ということで、平家物語みたいな文体で書いたら大不評で、やはりそうだったかと今の形にまとまっています。手の込んだ冗談には手間も暇も掛かるわけですね。

閑話休題。仕事上、色んな主人公を描きますが、お母さんが大好きな主人公というのは初めて書くかもしれません。

というのも、お話の作法上、主人公は何か欠落してして、それを埋めようとしないといけないからです。多くの場合、欠落は家族、という形になります。次に多いのは幸せとかでしょう。幸せも物質的なものを除くと名誉と家族くらいなものになることが多いので、大抵のお話では、家族が欠落した感じでお話が描かれます。

今回の主人公、ガーディは心優しい子、ということに決めていたので、家族もきちんと書くことになりました。優しさを育てるには他者がどうしても必要で、たいていの場合、それは家族が担うのです。たまに家族以外の要因で心優しい子が出てくることがありますが、そういう子はちょっとしたチート能力みたいなもので、主人公にしづらかったりします。で、今の形になりました。

また設定として底本は明治時代に翻訳された海外のファンタジー作品をさらに現代日本語でリライトしたという形でやっています。明治時代では鎧《よろい》の部分呼称適当翻訳なので若干用語が正しくないようにしています。(例えば草摺《くさずり》です)一方で布鎧などは日本の歴史ではあまりなく、適した用語がないので原語をそのままカタカナで書くようなことをしています。今では割とどうでもいい話なんですが、本来ファンタジーは神話に繋《つな》がる昔話ですので、神話時代からどう現代に伝わったかは一つの審美ポイントだったりします。

この物語は技術的に日本の戦国期くらいの話です。度量衡が規格化されてない時代な上、測量法が確立していない時代なので、距離の記述が結構煩雑です。読みにくい部分もあるかもしれませんが、昔はこうだったんだよ的に読んでくれるのが一番良いかと思います。

また各勢力が沖積平野に進出する前の話でもありますから、現代に繋がる都市空間もまだ現れていません。実際の歴史では沖積平野への進出は戦国期が終わってからの話になります。戦争が多かった時期には怖くて開発できなかったんですね。

芝村裕吏《しばむらゆうり》

Eventually I seem to be called *great tactician*

Next

次巻予告

異端児ガーディ、「伝説の軍師」へと覚醒の時！

やがて**僕**は
大軍師と
呼ばれるらしい
第2巻　今冬発売！

MF文庫J

やがて僕は大軍師と呼ばれるらしい

2019年9月25日　初版発行

著者　芝村裕吏
発行者　三坂泰二
発行　株式会社 KADOKAWA
〒102-8177 東京都千代田区富士見2-13-3
0570-002-001（ナビダイヤル）

印刷　株式会社廣済堂
製本　株式会社廣済堂

Printed in Japan　ISBN 978-4-04-065675-5 C0193

〈第16回〉MF文庫Jライトノベル新人賞

MF文庫Jライトノベル新人賞は、10代の読者が心から楽しめる、オリジナリティ溢れるフレッシュなエンターテインメント作品を募集しています！ ファンタジー、SF、ミステリー、恋愛、歴史、ホラーほかジャンルを問いません。
年に4回締切があるから、時期を気にせず投稿できて、すぐに結果がわかる！しかもWebでもお手軽に投稿できて、さらには全員に評価シートもお送りしています！

通期

大賞
【正賞の楯と副賞 300万円】
最優秀賞
【正賞の楯と副賞 100万円】
優秀賞【正賞の楯と副賞 50万円】
佳作【正賞の楯と副賞 10万円】

各期ごと

チャレンジ賞
【活動支援費として合計6万円 】

※チャレンジ賞は、投稿者支援の賞です

MF文庫J
ライトノベル新人賞の
ココがすごい！

年4回の締切！
だからいつでも送れて、
すぐに結果がわかる！

応募者全員に
評価シート送付！
評価シートを
執筆に活かせる！

投稿がカンタンな
Web応募開始！
郵送応募かWeb応募
好きな方を選べる！

三次選考通過者以上は、
担当がついて
編集部へご招待！

新人賞投稿者を
応援する
『チャレンジ賞』
がある！

選考スケジュール

■第一期予備審査
【締切】2019年 6月30日
【発表】2019年10月25日

■第二期予備審査
【締切】2019年 9月30日
【発表】2020年 1月25日

■第三期予備審査
【締切】2019年12月31日
【発表】2020年 4月25日

■第四期予備審査
【締切】2020年 3月31日
【発表】2020年 7月25日

■最終審査結果
【発表】2020年 8月25日

詳しくは、
MF文庫Jライトノベル新人賞
公式ページをご覧ください！
https://mfbunkoj.jp/rookie/award/